教科書にでてくるお話 3年生

監修　西本　鶏介

文庫

もくじ

Poplar Pocket Library

カバー絵　狩野富貴子《かりのふきこ》

のらねこ

三木《みき》　卓《たく》

のらねこがやってきました。

リョウのうちのにわのまんなかで、ごろんとよこになったまま、うごきません。

まっくろいせなかと、しっぽだけが、こっちからみえます。

リョウのなかまのねこよりも、おおきくてりっぱです。けなみなんかも、つやつやしているし。

リョウは、のらねこのそばへいきます。ぐるっとまわって、ねこのかおのあるほうへいこうとすると、のらねこは、ぱっとおきあがりました。

わあ、とてもはやい。

うちのねこなんて、なんてのろまなんだろう。くらべものにならない。

じっとかまえて、リョウのようすをうかがっています。

「こらまて。それいじょうちかよるな」

「あれ。ぼく、きみをいじめたりしないよ」

リョウは、たちどまります。のらねこは、すこしもゆだんしていません。

これいじょうそばへよると、とびかかってきそう。

きれいなねこだなあ。でも、すこしこわい。

「いっぽでもちかよると、ひっかくよ」

「わかりましたよ。きみのようすをみれば、だれだって」

リョウは、がっかりしながらいいます。

「でも、ぼくは、きみをかわいがりたいんだよ。すこしは、しんようしなさい」

「そんなことといって、うしろに、ほうき、かくしているだろう」

「かくしてなんか、いないよ。ほら」

リョウは、りょうてを、ホールド・アップみたいにうえにあげ、そのまま、二、三ど、ぐるぐるまわってみせます。もちろん、なんにも、なしなし。

「ふん。たしかにほうきはない」

のらねこはいいました。

「それはわかった。けれども、もんだいはポケットだ。おとこのこのポケッ

トのなかには、よく、ゴムのパチンコがはいっているからな。ほら、ようすがかわった。はいっているだろう」

「まだ、うたがっている。そんなものはいっているもんか。ただ——」

「ただ、なんだ」

「ただ、きみにみせたくないものがはいっているから」

「ごまかすな。じゃあいい。もうあっちへいけ。かわいがってなんかくれなくていい」

リョウは、もじもじします。

「いいよ。じゃあみせてあげる」

ポケットからでてきたのは、ねこのえさのかんづめでした。

「ほう。これは、これは。いいものじゃないか」

「でも、これ、うちのねこのだから」

「ああ、そう」

のらねこは、じっとかんづめをみつめながらいいます。

「うん、そう」

リョウがいいます。

ひとりと一ぴきは、しばらくだまっています。

「じゃあ、またね」

リョウは、いこうとしました。

すると、のらねこはいいました。

「それ、ひとくちくれたら、かわいがらせてやってもいいよ」

「あ」

リョウは、たちどまります。さあ、どうしよう。

「そうだなあ。でも――」

「たったひとくちでいいんだよ。ぜんぶくれなんていっているわけじゃない。その、なんだ。つまり、リョウのところには、おたくのねこのためのかんづめなんて、そうこのなかにギラギラひかっているくらい、ならべてあるんだろう。そのなかのひとつの、ひとくちだよ。どうってことない」

「まあ、それは――」

「けち。リョウのけち。そんなことで、かわいがってやるもないもんだ。ふん。じぶんのねこが、そんなにかわいいいか」

「いいよ。わかったよ」

リョウは、かんづめをあけます。

「よし。それじゃあ、そこのくさのうえに、ひとくちぶんだけおけ」

「あれ。ぼくのてのひらから、たべてくれるんではないの」

「こどもはあぶないからね。もうすこし、しょうこがないと、あんしんできない」

「そんなら、そうしなよ。きのすむようにおしよ」

リョウは、くさのうえに、ひとくちよりすこしおおめに、かんづめのなかみをこぼして、うしろにさがります。

すると、のらねこは、のっそりとあるきだし、かんづめのえさを、ゆっくりたべはじめました。

とてもおなかがすいている、というふうではありません。

だって、こののらねこ、のらねこにしてはよくふとっている。

よそで、ほかののらねこをおしのけても、おいしいものたべているというかんじです。

だから、いまは、リョウにかわいがられてやるためにたべてやっている、というのかな。それとも、リョウのねこがたべるのをへらしてしまうためにじぶんがたべてしまうのだ、というのかな。どっちにもとれるかんじです。

リョウはみつめています。

でも、たったひとくちぶんですから、じきにたべてしまいました。

「さあ、よし。おいしかった。リョウはいいこだということがわかった。それではいよいよ、かわいがられてやるとするか」

リョウは、よろこんで、のらねこにちかづいていきます。

「あ、だめ。それいじょう、ちかづくな。ちかづくなんてずうずうしい。ひっ

かくぞ」

「どうして。ねえ、のらねこ」

リョウは、あきれていいます。

「じゃあ、どうやってきみをかわいがるの」

「そのへんでかわいがれ」

「ここから、どうやってかわいがれるの。ぼくわからない」

「え」

「え」

ひとりと一ぴきはかおをみあわせま

す。

ははーん。そうだったのか。がてんがいったリョウはいいます。

「ねえ。きみ、もしかして、かわいがられるって、どういうことかしらないんじゃない」

「しってるわけないだろ。どこでもうっていないし」

のらねこは、ぶすっとしていいます。

「きみ、かあさんは」

「かあさんなんて、みたこともきいたこともない」

「ああ、やっぱりそうだったのか。かわいがるっていうのは、そばまでいって、あいてにさわってあげたり、だいてあげたり、なでてあげたりすることなんだよ」

「へえ、そんなことするのか。で、そんなこと、なぜするのか」

「ああ、それもしらないのか。かわいがってもらうと、とてもきもちがいいし、うれしくなるんだよ」

「へえ。そんなものか。ちょっと、よくわからないが、じゃあ、やってみてくれるか」

「いいとも」

リョウは、のらねこにちかづきます。あと五十センチのところまできました。

「よせ。それいじょうちかづくな」

リョウはたちどまります。

「こわい。それいじょうちかづかれると、にげだすか、とびかかるかしかない」

「じゃあいい。そこから、まえあしだけのばして。ぼくもまえあしだけのばす」

「こうか」

ひとりと一ぴきはそこにねたまま、まえあしをのばしあいます。

のらねこのまえあしを、うえからそっとさわります。ピクッとします。

「こわくない。こわくない」

リョウはちいさなこえで、なだめるようにいいます。

そっとまえあしでまえあしのさきをなでてあげます。

のらねこは、じっとしています。

かぜがそよそよとふいてきます。

cat

「あ」

のらねこは、とつぜん、こえをだしました。

リョウが、はっとしてあたりをみまわしたころには、もう、のらねこは、どこにもいませんでした。

「どうしたんだろう」

リョウがおどろいていると、にわのいっぽうのはしから、リョウのいえのねこがきげんよくやってくるのがみえました。

しっぽをぴんとたてています。

「やあ、リョウ。こんばんのおかずは、カレイのにつけだって。かあさんが、さかなやでおおきいカレイかった。うれしかった」

「そうか、そうか。それはよかった。ぼくもすきだから。それまで、からすと三にんであそぼうか」

「あそぼう」

リョウはよろこんで、ねこといっしょに、はしっていってしまいます。やねのうえから、そのすがたを、のらねこがみています。

きつつきの商売《しょうばい》

林原玉枝《はやしばらたまえ》

きつつきが、お店をひらきました。

それはもう、きつつきにぴったりのお店です。

きつつきは、森じゅうの木の中から、えりすぐりの木をみつけてきて、かんばんをこしらえました。

かんばんにきざんだ、お店の名前は、こうです。

『おとや』

それだけでは、なんだかわかりにくいので、きつつきは、そのあとにこう、書きました。

「できたての音、すてきないい音、おきかせします。しぶおんぷ一こにつき、どれでも一〇〇リル」

「へえー。どれでも一〇〇リル？　どんな音があるのかしら」

そういって、まっさきにやってきたのは、長い耳の白うさぎでした。白うさぎは、きつつきのさしだしたメニューをじっくりながめて、メニューのいちばんはじっこをゆびさしながら、

「これにするわ」

といいました。

〈ぶなの音〉です。

「しぶおんぷぷん、ちょうだい」

「しょうちしました。では、どうぞこちらへ」

きつつきは、白うさぎをつれてぶなの森にやってきました。

それから、白うさぎを大きなぶなの木の下に立たせると、自分は、木のてっぺん近くの、みきにとまりました。

「さあ、いきますよ、いいですか?」

きつつきは、木の上から声《こえ》をかけました。白うさぎは、きつつきをみあげて、こっくりうなずきました。

「では」

きつつきは、ぶなの木のみきを、くちばしで力いっぱい、たたきました。

コーン……。

ぶなの木の音が、ぶなの森にこだましました。

白うさぎは、きつつきをみあげたまま、だまってきいていました。きつつきも、うっとりきいていました。

しぶおんぷぶんよりも、うんと長い時間がすぎてゆきました。

＊　＊

ぶなの森に、雨がふりはじめます。

きつつきは、あたらしいメニューを思いつきました。

ぶなの木のうろからかおをだして、空をみあげていると、

「おはよう。きつつきさん」

「なにしてるんですか？　きつつきさん」

木の下で、声がしました。

みおろすと、ぶなの木のねもとに、のねずみの家族《かぞく》が、みんなできつつきをみあげています。

たちつぼすみれのはっぱのかさを、かたにかついで上《うえ》をみあげているので、みんな、かおじゅうびしょぬれでした。

「おとやのあたらしいメニューができたんですよ」

きつつきは、ぬれたあたまを、ぶるんとふって、いいました。

「へえ」

「けさ、できたばかりの、できたてです」

「へえ」

「でもね、もしかしたら、あしたはできないかもしれないから、メニューに書こうか書くまいか、考えてたんですよ」

「へえ。じゃあ、とくべつメニューって、わけ？」

「そうです。とくとく、とくべつメニュー」

「そいつはいいなあ。ぼくたちは、うんがいいぞ。それで、その、とくとくとくべつメニューも、一〇〇リル？」

「いいえ、きょうのは、ただです」

「よかった。ますますうんがいいぞ。ここに、おとやが開店《かいてん》して、すてきないい音をきかせてもらえるってことは、もうずいぶんまえから、きいてたんだけどね、きょうやっと初《はじ》めてみんなで、きてみたんですよ」

「朝からの雨で、おせんたくができないものですから」

かあさんねずみがいうと、

「おにわのおそうじも」

「草の実《み》あつめも」

「草がぬれてて、おすもうもできないよ」

「かたつむりたちは、できるけど」

「かたつむりじゃなくて、あまがえるだってば」

「どっちもだよ」

こどもたちも、口々《くちぐち》にいいました。

「だから、ひとつ、きかせてください」

のねずみの家族《かぞく》は、そろって、うれしそうにいいました。

「しょうちしました」

きつつきは木のうろからでて、のねずみたちのいる場所《ばしょ》にとびおりました。

「さあさあ、しずかにしなさい。おとやさんの、とくとく、とくべつメニューなんだから」

のねずみは、のねずみのおくさんとふたりで、ぺちゃくちゃいってるこどもたちを、どうにかだまらせてから、きつつきをふりかえっていいました。

「さあ、おねがいいたします」

「かしこまりました」

はっぱのかさをさした十ぴきのこねずみたちは、きらきらしたきれいな目を、そろってきつつきにむけました。

「さあ、いいですか？　きょうだけのとくべつな音です。お口をとじて、目をとじて、きいてください」

みんなは、しいんとだまって、目をとじました。
目をとじると……そこらじゅうのいろんな音がいちどにきこえてきました。

ぶなのはっぱの……　しゃばしゃばしゃば…
じめんからの……　ぱしぱしぴちぴち…
はっぱのかさの……　ぱりぱりぱり…
そして、ぶなの森の、ずうっとおくふかくから。
どうどうどう……　ざわざわざわわ……

「ああ、……きこえる……雨の音だ」

「ほんとだ。きこえる」

「雨の音だ！」

「へえ…」

「うふふ…」

のねずみたちは、みんな、にこにこうなずいて、それから目をあけたりとじたりしながら、ずうっとずうっと、とくべつメニューの雨の音に、つつまれていたのでした。

＊　＊

きつつきは、かんばんのはじっこのはじっこに、あたらしいメニューを書きくわえました。
「トレモロ」です。

あたらしいメニューをためしてみたくて、きつつきは、ひとりでぶなの木のてっぺんにやってきました。それから、すんだ秋の空気を胸《むね》いっぱいすいこむと、くちばしで力いっぱい、ぶなの木をたたきました。

た、らららららららら……

トレモロです。
「あんまりがんばると、めまいがするぞ」

きつつきがしばらくぼうっとしていると、森のどこか遠《とお》くから、
……らららららららら………
と、トレモロの音がきこえてきました。
こだまです。
「ほう！」
きつつきは、気をとりなおすと、もいちど、トレモロをはじめました。
こんどは、まえよりも長く、
た、ろろろろろろろろろろ………
すると、やっぱり、森のむこうのどこかから、ろろろろろろろ……と、

トレモロがかえってきました。
なんだかうれしい、森のおへんじです。
きつつきは、それで、めまいのことなんか考えないで、まえよりももっと
もっと長くはやく、トレモロをはじめました。
とぅらららららららららららららららららららら。
耳をすますと、
——らららららら……と、おへんじ。

たらららららららららら……
——らららららら。
た、ら、ら、ら、ら。

——ら、ら、ら、ら。

色づきはじめたぶなの森。
トレモロが、ひびきます。

ウサギのダイコン

茂市久美子《もいちくみこ》

ゆうすげ村に、ゆうすげ旅館《りょかん》という一軒《いっけん》の旅館があります。

小さな旅館で、年とったおかみさんが、ひとりで、旅館をきりもりしています。

おかみさんの名前は、原田《はらだ》つぼみさんといいます。

五月、若葉《わかば》の季節《きせつ》でした。

ゆうすげ旅館《りょかん》は、山に林道《りんどう》をとおす工事のひとたちが泊《と》まりにきて、ひさしぶりに、六人もの滞在《たいざい》のお客《きゃく》さんがありました。

つぼみさんは、毎朝、早起《はやお》きして、お客さんの朝《あさ》ご飯《はん》とお弁当《べんとう》をつくりました。

そうして、お客さんが仕事《しごと》にでかけると、そうじをしたり、洗濯《せんたく》をしたり、夜寝《よるね》るまで、ほっと息《いき》をつくひまもありませんでした。

若《わか》いころなら、お客さんの六人ぐらい、何日泊まっても、平気でした。

でも、年のせいでしょうか。一週間もすると、ふとんをあげたり、おぜんをもって階段《かいだん》をのぼるのが、つらくなってきたのです。

ある日、つぼみさんは、夕飯《ゆうはん》の買い物から帰るとちゅう、重《おも》い買い物袋《ぶくろ》をちょっとのあいだ道ばたにおろして、ついひとりごとをいいました。

「せめて、いま泊《と》まっているお客《きゃく》さんたちが帰るまで、だれか、手つだってくれるひとがいないかしら……。」

その翌朝《よくあさ》のことです。つぼみさんが、朝《あさ》ご飯《はん》のかたづけをしていると、台所のドアのむこうで、

「おはようございます。」

と、かわいい声がしました。

つぼみさんが、台所のドアをあけると、色白のぽっちゃりとしたむすめが、ダイコンが何本もはいったかごをもって、たっていました。

「わたし、美月《みづき》っていいます。お手つだいにきました。」

「えっ？」

つぼみさんが、きょとんとすると、むすめは、したしそうにわらいました。

「ほら、きのうの午後《ごご》、だれか手つだってくれるひとがいないかしらって、いってたでしょ。わたし、耳がいいから、きいてしまったんです。」

「まあ……。」

つぼみさんは、そっと首をかしげました。買い物の帰り、だれにもあわなかったはずです。

（へんねえ。どこのむすめさんかしら？）

すると、むすめがいいました。

「わたし、こちらの畑《はたけ》をかりてる宇佐見《うさみ》のむすめです。父さんが、よろしくっていってました。これ、あの畑でつくったウサギダイコンです。」

むすめは、もってきたダイコンを、つぼみさんにさしだしました。

（ああ、あのときの……。）

ゆうすげ旅館《りょかん》では、山の中に小さな畑《はたけ》をもっていました。でも、つぼみさんのご主人《しゅじん》がなくなったあと、畑は、たがやすひとがなくなって、草ぼうぼうになっていました。

ところが、去年《きょねん》の秋、そんな畑をかりたいという男のひとがやってきたのです。

「あんな山の中のふべんなところにある畑でいいんですか？　そのままにしておくのが気になっていましたから、かえって、こちらからおねがいして、かりていただきたいほどです。お礼《れい》なんていりませんからね。」

つぼみさんのことばをきくと、男のひとは、なんどもおじぎをして、うれしそうに、帰っていきました。

「あなた、宇佐見《うさみ》さんのむすめさんなの。じゃあ、せっかくきてくれたんだから、手つだってもらいましょうか。それにしても、みごとなダイコンだこと。ネズミダイコンなら、きいたことあるけど、ウサギダイコンっていうのもあるの……。」

この日の午前中《ごぜんちゅう》、むすめは、くるくるとよくはたらきました。そうじも洗濯《せんたく》も、さっさとして、まるで、昔《むかし》から、ゆうすげ旅館《りょかん》を手つだってきたみたいなのです。

（いいむすめさんが手つだいにきてくれて、ほんとによかった。）

つぼみさんは、からだがらくになったばかりか、たのしくしあわせな気持《きも》ちになりました。

午後《ごご》になると、むすめは、ちょっとでかけて、タンポポの花とヨモギの葉《は》っぱをつんできました。

「今晩《こんばん》、てんぷらにしませんか。それから、ウサギダイコンで、ふろふきダイコンとサラダつくりませんか。わたし、料理《りょうり》がとくいなんですよ。」

こうして、その晩《ばん》のゆうすげ旅館《りょかん》の献立《こんだて》は、タンポポの花とヨモギの葉《は》っぱのてんぷらに、ユズみそのふろふきダイコンと、ダイコンのサラダ、それから、ブリの照《て》り焼《や》きになりました。

てんつゆにも、焼《や》き魚《ざかな》にも、たっぷりの、ダイコンおろしがつきました。

(今晩は、ダイコンづくしで、お客《きゃく》さんは、びっくりしてるんじゃないかしら。どれも、あの子が、一生懸命《いっしょうけんめい》つくったんだから、のこさず食べてくれるといいけど……。)

つぼみさんは、祈《いの》るような気持《きも》ちで思いました。

ところが、夕飯《ゆうはん》がおわって、おぜんをかたづけてみると、どのお皿《さら》も、ぺろりとなめたようにきれいなのです。

「いやあ、あまくて、おいしいダイコンだねえ。今夜《こんや》の料理《りょうり》は、どれもこれも、ほんと、おいしかった。」

お客《きゃく》さんのひょうばんが、あまりよかったので、翌日《よくじつ》も、そのまた翌日も、ゆうすげ旅館《りょかん》の献立《こんだて》は、ダイコンづくしになりました。

むすめは、毎朝、畑《はたけ》でとれたてのダイコンをもってきて、せっせと、ダイコンの料理をつくりました。

さて、ダイコンづくしの料理がつづくようになった、ある日、仕事《しごと》から帰ってきたお客さんがいいました。

「ちかごろ、耳がよくなったみたいなんですよ。仕事で山にはいると、小鳥の声や、動物のたてる音が、じつによくきこえるんです。おかげで、あやうく工事でこわすとこだった小鳥の巣《す》を見つけて、ほかにうつしてやれましたよ。巣には、かわいいひなが三羽《さんば》もいました。」

それをきくと、つぼみさんは、はっとしました。そういえば、つぼみさんの耳も、ちかごろ、きゅうによくなった気がします。

遠《とお》くの小鳥の声《こえ》や、小川《おがわ》のせせらぎが、しょっちゅうきこえてくるのです。夜など、みんなが寝静《ねしず》まって、あたりが、しいんとすると、はるか遠い山の上をふく風の音を、いま、どのあたりをふいているのか、ききわけることができました。

(きゅうに、どうしたのかしら……。)

つぼみさんは、お客《きゃく》さんに気づかれないように、そっと首をかしげました。

こんなふうにして、またたくまに、二週間がすぎて、滞在《たいざい》のお客さんたちは、仕事《しごと》がおわり、ゆうすげ旅館《りょかん》をひきあげていくことになりました。

お客《きゃく》さんが帰って、あとかたづけがすむと、むすめはおずおずとエプロンをはずしました。

「それじゃあ、わたしも、そろそろおいとまします。」

「えっ、もう帰ってしまうの。このままずっと、手つだってくれたらいいなって思ってたんだけど……。」

つぼみさんがいうと、むすめは、下をむきました。

「畑《はたけ》のダイコンが、いま、ちょうど、とりごろなんです。父さんひとりじゃたいへんだから、手つだわないと。ダイコン、しゅうかくがおくれると、すがはいってしまうんです。そしたら、ダイコンの、魔法《まほう》のききめが、なくなってしまいますから。」

「魔法《まほう》のききめって？」

つぼみさんが、おもわず身《み》をのりだすと、むすめは、こっそりといいました。

「耳がよくなる魔法です。」

「ええっ！」

つぼみさんは、大きくうなずきました。

（ああ、だから、お客《きゃく》さんもわたしも、きゅうに耳がよくなったんだ。）

つぼみさんが、ほおっとふかい息《いき》をつくと、むすめがいいました。

「耳がいいってことは、とってもすてきなことなんですよ。夜は、星の歌もきこえますし、よい耳が、危険《きけん》から身をまもってくれます。ですから、お山のみんなは、ウサギダイコンがとれるのを、いまかいまかとまってます。」

「じゃあ、ひきとめるわけにはいかないわねえ。これ、すこしだけど。」

つぼみさんが、これまでのお給料《きゅうりょう》の袋《ふくろ》をわたそうとすると、むすめは、それを両手《りょうて》でおしかえしました。

「畑《はたけ》をかりているお礼《れい》です。これからも、ずっと、かしてくださいね。」

それから、むすめは、おじぎをすると、にげるように、帰っていきました。

翌日《よくじつ》、つぼみさんは、町にでかけて、むすめのために、花がらのエプロンを買うと、それをもって、山の畑にでかけました。

(ここにくるの、何年ぶりかしら。エプロン、気にいってくれるといいけど……。)

畑について、つぼみさんの目に、まっさきにとびこんできたのは、二匹《ひき》のウサギでした。

(たいへん、ウサギが、畑《はたけ》をあらしてるわ!)

でも、すぐに、つぼみさんは、そうではないことに気がつきました。二匹《ひき》は、ダイコンをぬいているところだったのです。

(そういうことだったの……。)

つぼみさんは、畑のダイコンに見とれました。あおあおとした葉《は》っぱの下から、雪のように真《ま》っ白《しろ》な根《ね》が顔をだしています。

(山のよい空気と水で、ウサギさんたちが、たんせいこめて育《そだ》てたダイコンだもの、どんなダイコンよりおいしいはずだわ。ダイコンができるのをまってる、お山のみんなって、タヌキさんやキツネさんかしら……。)

つぼみさんは、にこにこしながら、エプロンのつつみに「美月《みづき》さんへ」と書くと、それを畑において、こっそりと帰りました。

翌朝《よくあさ》、ゆうすげ旅館《りょかん》の台所の外には、ひとかかえほどのダイコンがおいてありました。

それには、こんな手紙がそえられていました。

『すてきなエプロン、ありがとうございました。

きのう、ほんとは、おかみさんが山の畑《はたけ》にきたのを、足音でわかったのですが、父さんもわたしも、ウサギのすがたを見られるのが、なんだかはずかしくて、しらんふりしてしまいました。

気をわるくしないでください。

いそがしくなったら、また、お手つだいにきます。

どうぞ、お元気で。

ウサギの美月《みづき》より』

きつねをつれてむらまつり

こわせ・たまみ

ごんじいは、おもちゃやさんでした。

おもちゃをつんだくるまをひいて、あっちこっちのおまつりにいって、おもちゃをうるのがしごとでした。

きょうは、やまのむこうのむらでおまつりです。

かぜにのって、ふえやたいこのおとがきこえてきます。

「うんうん、いつきいてもいいおとじゃのう」

ごんじいはとうげにつくと、やれやれとひとやすみしました。

そのときです。

（ほっ、きつねのこどもじゃ!?）

やぶのかげで、一ぴきのきつねが、くるんとちゅうがえりをしています。

（にんげんなんぞにばけて、おまつりにでもいきたいんじゃな）

そこで、ごんじいは、わざとおおきなこえでいいました。

「さて、そろそろでかけようか。だれか、いっしょにいってくれるこどもでもいるといいんじゃが……」

すると、まっていたように、ひとりのおとこのこがはしりでてきました。

「ごんじい、いっしょにいこう」

「うんにゃ!?」

ごんじいは、めをぱちくりしました。

だって、からだやてやあしはにんげんのこどもなのに、かおだけきつねのおとこのこが、『どうだい!』と、いうようにたっていたからです。

(くふっ、こどもだから、まだうまくばけられないんじゃ。いいわい、だまされたふりをしてあげようかのう)

そこで、ごんじいはいいました。

「ほい、だれかとおもったら、むらのこか。で、なまえはなんというんじゃな?」

「こん! あっ、ちがった。ええと……、こうたじゃ」

「こうたか。うん、いいこじゃな」

(だが、このままではなあ……?)

ごんじいは、くるまにつんだはこのなかから、きつねのおめんをとりだしました。

「さあ、このおめんをかぶっていこうかな。うん、にあうにあう」

じんじゃにつづくみちには、もうたくさんのおみせがならんでいました。

「やあ、ごんさん。きょうはおまごさんといっしょかね」

「くふっ、ぼくのことおまごさんだって……」

こうたは、うれしそうにいいました。

「こうた、てつだっておくれ」

ごんじいは、ほんとうのまごにいうように、こうたにいうと、おみせをひらくよういをはじめました。

「ほれ、しっかりもっていなよ」

「うん、だいじょうぶだい」

こうたは、いっしょうけんめいにはたらきました。

あせが、ぷつぷつでてきました。

「ごんじい、あつい……」

こうたは、かおのあせをぬぐおうとして、おめんをとってしまいました。

「あっ、あわわわ……」

ごんじいは、あわててかけよると、こしのてぬぐいをひきぬいて、こうたのかおにかぶせました。

「ご、ごんじい、くるしいよう。あせなんか、ひとりでふけるよう」

（やれやれ、このこときたら、やっぱりかおまで、にんげんになったつもりでおるんじゃ……）

あたりは、だんだんにぎやかになってきました。

「まあ、かわいいおみせばんだ」

こうたにきがつくと、みんなわらっていいました。

そして、かざぐるまやおめんをかっていきました。

「ごんさん、いいおまごさんで、おみせがはんじょうだねえ」

となりのおみせのおばあさんが、めをほそくしていいました。

「くふっ、またおまごさんだって」

「はい、ごほうびだよ」

おばあさんは、こうたをよぶと、とろんとあまいみずあめを、ぼうにまいてくれました。

「ありがとう、おばあさん」

こうたは、おめんをとって、なめようとしました。

「わっ、わわわあっ……」

ごんじいは、あわてて、こうたのてをおさえながらいいました。

「さ、さあ、むこうへいって、おかぐらでもみながらいただこうな」

「わあい、おかぐら、おかぐら。あれっ、おめんをかぶってる？　そうか、おめんをかぶっていれば、あがっておどっていいんだね。おじさーん、ぼくもおどるよう！」

こうたは、てをふりあしをふり、ぶたいへあがっていきました。

てけてん　てんつく　てんつく　てん
ぴいぴい　ひゃらら　ぴいひゃら　どん

「あれ、こどものおかぐらだ」

「うまいうまい」

おどりつかれて、ひとやすみ。

おじさんたちは、おめんをとって、かおのあせをふきました。

「ぼくも、あせかいた」

こうたも、ひょいとおめんをとりました。

「ああっ、こうた……！」

ごんじいが、かけよりましたが、まにあいません。

「ひえっ、おめんをとっても、まだきつね!?」

「ほ、ほんとうのきつねだあ！」

「ええっ、ぼくのかお？　ぼく、かおだけきつねのままだったの!?」

「いやだあ、こーん！」

こうたは、ひとこえさけぶと、しっぽのさきからきつねにもどって、いちもくさんににげだしました。

「これこれ、にげなくてもいいんだよう」

「つかまえたりなんか、しないよう」

みんながいうのもきこえないのか、あっというまに、もりのなかへきえていってしまいました。

「こうた……」

「やれやれ、いいこだったたのにのう」

おまつりがおわって、おみせをしまって、ごんじいはとうげのみちをかえります。

まがってまがって、七つめのまがりかどにきたとき──。

「あんれ？」

きゅうにくるまが、だれかにおされているようにかるくなりました。

「ああっ、こうた……」

「ごんじい、きょうはたのしかったね」

とうげまでくると、いつのまにか、こうたはいなくなっていました。

「そうか、きつねとわかってしまったら、にんげんのおじいとはあそべないか……」

ごんじいは、すこしかなしそうなかおをすると、うれのこりのおめんやかざぐるまやたいこをとりだして、きりかぶのうえにおきました。

「ほれ、きょう一にち、わしのいいまごになってくれたおれいじゃよ」

ごんじいは、くるまをひいて、やまみちをおりていきました。

てけてん　てけてん
てけてけ　てん……

「おう、たたいておるわい」
ごんじいは、なんどもなんども、とうげのほうをふりかえってうなずきました。
「うんうん、こうた……。またいつか、あいたいのう」

つりばしわたれ

長崎源之助《ながさきげんのすけ》

「やーい、もやしっ子。くやしかったら、つりばしわたって、かけてこい」

山の子どもたちがはやしました。

トッコは、きゅっと、くちびるをかみしめて、ゆれるつりばしをみました。

はしの下には、たにがわがごうごうとしぶきをあげてながれています。はしはせまいくせに、ずいぶんながくて、ひとがあるくと、よくゆれます。おまけに、いまにもふじづるがきれそうなほど、ぎゅっ、ぎゅっと、きしむので

す。だから、さすがにまけずぎらいなトッコも、あしがすくんでしまいました。

「やーい、ゆうきがあったら、とっととわたれ」

トッコのいえは、東京《とうきょう》ですが、おかあさんがびょうきになったので、この山のおばあちゃんのいえにあずけられたのです。おばあちゃんは、トッコがさびしがるといけないとおもって、子どもたちを三にんもよんできました。サブと、タケシと、ミヨです。

「トッコちゃんとあそんでやっておくれ。さあ、東京《とうきょう》のおかしをおたべ」

そういって、サブたちのごきげんをとりむすんでくれたのです。

それなのに、トッコときたら、山の子たちによわみをみせたくないものだから、東京のじまんばかりしてしまったのです。だから、サブたちがおこるのはあたりまえです。そのあげくが
「くやしかったら、つりばしわたれ」ということになったのです。

「ふんだ。あんたたちなんかと、だれがあそんでやるもんか」

トッコはべっかんこしてみせました。おばあちゃんは、はたけしごとをしたり、はたをおったりしなければなりません。だから、トッコとおままごとやおはじきばかりしてはいられないのです。

くる日もくる日も、トッコはひとりであそびました。花をつんだり、ちょうちょをおいかけたり。ことりのすをのぞいたり……。はじめのうちはめずらしかったが、ひとりでは、なにをやってもおもしろくありません。

(まま、いま、なにしてるかな。はやくびょうきなおらないかな)

そうおもうと、きゅうにままがこいしくなりました。

「ままーっ」

かさなりあったみどりの山にむかって、大きなこえでよびました。

すると、「ままーっ」「ままーっ」「ままーっ」と、大きく、小さく、こえがいくつもかえってきました。そして、また、もとのしずけさにもどりました。ただ、とおくのほうで、カッコウのなくのがきこえました。

「だれかあたしのこえをまねしてる」

トッコは、おもしろくなって、なんどもなんどもよんでみました。そのたびに、じぶんそっくりのこえがかえってきました。

トッコは、うれしくなって、はたをおっているおばあちゃんのところへ、とんでいきました。

「あれはやまびこっていうんだよ」と、おばあちゃんが、おしえてくれました。そこで、トッコは、山にむかってよびかけました。

「おーい、やまびこーっ」

すると「おーい、やまびこーっ」というこえが、いくつもいくつもかえってきました。それがだんだん大きくなってきたかとおもうと、とつぜん、さっと、めのまえをカッコウがよこぎりました。トッコはびっくりして、おもわずめをつむりました。

そして、こわごわめをあけると、そばに、カスリのきものをきたおとこの子がたっていたのです。

「あら、あんた、いつきたの？」

と、トッコがきくと、おとこの子は、

「あら、あんた、いつきたの？」

といって、にっこりしました。

「おかしな子ね」

「おかしな子ね」

「こらっ、まねするな」

トッコが手をふりあげると、おとこの子は、

「こらっ、まねするな」

といって、にげました。

「まねすると、ぶつわよ」

「まねすると、ぶつわよ」

おとこの子は、わらいながら、つりばしをとんとんかけていきました。

トッコもしらないうちにつりばしをとんとんわたっていました。つりばしは、ゆれましたがトッコは、もうこわいとおもいませんでした。

つりばしをわたりおえると、おとこの子は、はやしのなかへかけこんでいきました。トッコもいそいでおいかけました。でも、もう、おとこの子のすがたはみあたりませんでした。

シラカバのこずえが、さやさやなり、ホウの木のひろいはをとおしてくるひのひかりがトッコのかおをみどりいろにそめました。

「おーい、どこにいるのーっ」と、トッコは、よびました。すると、はやしのおくから、「おーい、どこにいるのーっ」というこえが、きこえてきました。そして、ばたばたというとりのとびたつおとがしました。

「なんだおめえか」

山ツツジのしげみのうしろから、サブがひょっこりかおをだしました。ミヨとタケシもでてきました。

「いま、おとこの子をみなかった？」

「いんや、どんな子だい」

「きものをきた子」

「いまどききものをきてるやつなんかいるもんか。ゆめみてたんとちがうか」

あはははと、山の子たちは、わらいました。

「おめえ、つりばしわたれたから、いっしょにあそんでやるよ」

と、サブがいいました。

それからです、トッコが山のくらしがたのしくなったのは。

でも、トッコは、もう一ど、きものをきたおとこの子とあそびたいとおもいました。ところが、いくらよんでもとおくのほうでまねをするだけであの子はもう、すがたをみせませんでした。

手ぶくろを買いに

新美南吉《にいみなんきち》

寒《さむ》い冬が北方《ほっぽう》から、きつねの親子のすんでいる森へもやってきました。

ある朝ほら穴《あな》から子どものきつねが出ようとしましたが、

「あっ。」

とさけんで眼《め》をおさえながらかあさんぎつねのところへころげてきました。

「かあちゃん眼に何かささった、ぬいてちょうだい早く早く。」

といいました。

かあさんぎつねがびっくりして、あわてふためきながら、眼《め》をおさえている子どもの手をおそるおそるとりのけてみましたが、何もささってはいませんでした。かあさんぎつねはほら穴《あな》の入口から外へ出てはじめてわけがわかりました。昨夜《さくや》のうちに、まっ白な雪がどっさりふったのです。その雪の上からお陽《ひ》さまがキラキラと照《て》らしていたので、雪はまぶしいほど反射《はんしゃ》していたのです。雪を知らなかった子どものきつねは、あまりつよい反射をうけたので、眼に何かささったと思ったのでした。

子どものきつねはあそびにいきました。まわたのようにやわらかい雪の上をかけまわると、雪の粉《こ》が、しぶきのようにとびちって小さい虹《にじ》がすっとうつるのでした。

するととつぜん、うしろで、

「どたどた、ざーっ」

とものすごい音がして、パン粉《こ》のような粉雪《こなゆき》が、ふわーっと子ぎつねにおっかぶさってきました。子ぎつねはびっくりして、雪の中にころがるようにして十メートルもむこうへにげました。なんだろうと思ってふりかえってみましたが何もいませんでした。それは、もみの枝《えだ》から、雪がなだれ落《お》ちたのでした。まだ枝と枝のあいだから白い絹糸《きぬいと》のように雪がこぼれていました。

まもなくほら穴《あな》へ帰ってきた子ぎつねは、

「おかあちゃん、おててがつめたい、おててがちんちんする。」

といって、ぬれてぼたん色になった両手《りょうて》をかあさんぎつねの前にさしだしました。かあさんぎつねは、その手に、は――っと息《いき》をふっかけて、ぬくといかあさんの手でやんわりとつつんでやりながら、

「もうすぐ、あたたかくなるよ、雪をさわると、すぐあたたかくなるもんだよ。」

といいましたが、かあいいぼうやの手にしもやけができてはかわいそうだから、夜になったら、町まで行って、ぼうやのおててにあうような毛糸の手ぶくろを買ってやろうと思いました。

暗《くら》い暗い夜がふろしきのようなかげをひろげて野原や森をつつみにやってきましたが、雪はあまり白いので、つつんでもつつんでも白くうかびあがっていました。

親子の銀《ぎん》ぎつねはほら穴《あな》から出ました。子どものほうはおかあさんのおなかの下へはいりこんで、そこからまんまるな眼《め》をぱちぱちさせながら、あっちやこっちをみながら歩いていきました。

やがて、ゆくてにぽっつりあかりが一つみえはじめました。それを子どものきつねがみつけて、

「かあちゃん、お星さまは、あんなひくいところにも落《お》ちてるのねえ。」

とききました。

「あれはお星さまじゃないのよ。」

といって、そのときかあさんぎつねの足はすくんでしまいました。

「あれは町の灯《ひ》なんだよ。」

その町の灯をみたとき、かあさんぎつねは、あるとき町へお友だちと出かけていって、とんだめにあったことを思いだしました。およしなさいっていうのもきかないで、お友だちのきつねが、ある家のあひるをぬすもうとしたので、お百姓《ひゃくしょう》にみつかって、さんざ追《お》いかけまくられて、命《いのち》からがらにげた

ことでした。

「かあちゃん何してんの、早くいこうよ。」

と子どものきつねがおなかの下からいうのでしたが、かあさんぎつねはどうしても足がすすまないのでした。そこで、しかたがないので、ぼうやだけをひとりで町までいかせることになりました。

「ぼうやおててをかたほうおだし。」

とおかあさんぎつねがいいました。その手を、かあさんぎつねはしばらくにぎっているあいだに、かわいい人間の子どもの手にしてしまいました。ぼうやのきつねはその手をひろげたりにぎったり、つねってみたり、かいでみたりしました。

「なんだかへんだなかあちゃん、これなあに?」

といって、雪あかりに、またその、人間の手にかえられてしまった自分の手をしげしげとみつめました。

「それは人間の手よ。いいかいぼうや、町へ行ったらね、たくさん人間の家があるからね、まずおもてにまるいシャッポ*のかんばんのかかっている家をさがすんだよ。それがみつかったらね、トントンと戸をたたいて、こんばんはっていうんだよ。そうするとね、中から人間が、すこうし戸をあけるからね、その戸のすきまから、こっちの手、ほらこの人間の手をさし入れてね、この手にちょうどいい手ぶくろちょうだいっていうんだよ、わかったね、けっして、こっちのおてをだしちゃだめよ。」

とかあさんぎつねはいいきかせました。

「どうして？」

＊フランス語《ご》で帽子《ぼうし》のこと

とぼうやのきつねはききかえしました。

「人間はね、あいてがきつねだとわかると、手ぶくろを売ってくれないんだよ、それどころか、つかまえておりの中へ入れちゃうんだよ、人間ってほんとにこわいものなんだよ。」

「ふーん。」

「けっして、こっちの手をだしちゃいけないよ、こっちのほう、ほら人間の手のほうをさしだすんだよ。」

といって、かあさんのきつねは、持《も》ってきた二つの白銅貨《はくどうか》を、人間の手のほうへにぎらせてやりました。

子どものきつねは、町の灯《ひ》をめあてに、雪あかりの野原をよちよちやっていきました。はじめのうちは一つきりだった灯が二つになり三つになり、はては十にもふえました。きつねの子どもはそれをみて、灯《ひ》には、星とおなじように、赤いのや黄いのや青いのがあるんだなと思いました。やがて町にはいりましたが通りの家々《いえいえ》はもうみんな戸をしめてしまって、高い窓《まど》からあたたかそうな光が、道の雪の上に落《お》ちているばかりでした。

けれどおもてのかんばんの上にはたいてい小さな電燈《でんとう》がともっていましたので、きつねの子は、それをみながら、ぼうし屋《や》をさがしていきました。自《じ》転車《てんしゃ》のかんばんや、めがねのかんばんやそのほかいろんなかんばんが、あるものは、あたらしいペンキでえがかれ、あるものは、古いかべのようにはげていましたが、町にはじめて出てきた子ぎつねにはそれらのものがいったいなんであるかわからないのでした。

とうとうぼうし屋がみつかりました。おかあさんが道々《みちみち》よくおしえてくれた、黒い大きなシルクハットのぼうしのかんばんが、青い電燈《でんとう》に照《て》らされてかかっていました。

子ぎつねはおしえられたとおり、トントンと戸をたたきました。

「こんばんは。」

すると、中では何かことこと音がしていましたがやがて、戸が*一寸《いっすん》ほどゴロリとあいて、光の帯《おび》が道の白い雪の上に長くのびました。

子ぎつねはその光がまばゆかったので、めんくらって、まちがったほうの手を、——おかあさまがだしちゃいけないといってよくきかせたほうの手をすきまからさしこんでしまいました。

「このおててにちょうどいい手ぶくろください。」

するとぼうし屋《や》さんは、おやおやと思いました。きつねの手です。きつね

＊長さの単位《たんい》。一寸《いっすん》は約三《やくさん》センチ

の手が手ぶくろをくれというのです。これはきっと木《こ》の葉《は》で買いにきたんだなと思いました。そこで、

「さきにお金をください。」

といいました。子ぎつねはすなおに、にぎってきた白銅貨《はくどうか》を二つぼうし屋《や》さんにわたしました。ぼうし屋さんはそれを人さし指《ゆび》のさきにのっけて、カチ合わせてみると、チンチンとよい音がしましたので、これは木の葉じゃない、ほんとのお金だと思いましたので、たなから子ども用の毛糸の手ぶくろをとりだしてきて子ぎつねの手に持《も》たせてやりました。子ぎつねは、お礼《れい》をいってまた、もときた道を帰りはじめました。

「おかあさんは、人間はおそろしいものだっておっしゃったがちっともおそろしくないや。だってぼくの手をみてもどうもしなかったもの。」

と思いました。けれど子ぎつねはいったい人間なんてどんなものかみたいと思いました。

ある窓《まど》の下を通りかかると、人間の声がしていました。なんというやさしい、なんというつくしい、なんというおっとりした声なんでしょう。

「ねむれ　ねむれ

母のむねに、

ねむれ　ねむれ

母の手に――」

子ぎつねはそのうた声は、きっと人間のおかあさんの声にちがいないと思いました。だって、子ぎつねがねむるときにも、やっぱりかあさんぎつねは、あんなやさしい声でゆすぶってくれるからです。

するとこんどは、子どもの声がしました。

「かあちゃん、こんな寒《さむ》い夜は、森の子ぎつねは寒い寒いってないてるでしょうね。」

するとかあさんの声《こえ》が、

「森の子ぎつねもおかあさんぎつねのおうたをきいて、ほら穴《あな》の中でねむろうとしているでしょうね。さあぼうやも早くねんねしなさい。森の子ぎつねとぼうやとどっちが早くねんねするか、きっとぼうやのほうが早くねんねしますよ。」

それをきくと子ぎつねはきゅうにおかあさんがこいしくなって、おかあさんぎつねの待《ま》っているほうへとんでいきました。

おかあさんぎつねは、しんぱいしながら、ぼうやのきつねの帰ってくるの

を、いまかいまかとふるえながら待《ま》っていましたので、ぼうやがくると、あたたかいむねにだきしめてなきたいほどよろこびました。

二ひきのきつねは森のほうへ帰っていきました。月が出たので、きつねの毛なみが銀《ぎん》いろに光り、その足あとには、コバルトのかげがたまりました。

「かあちゃん、人間ってちっともこわかないや。」

「どうして？」

「ぼう、まちがえてほんとうのおててだしちゃったの。でもぼうし屋《や》さん、つかまえやしなかったもの。ちゃんとこんないいあたたかい手ぶくろくれたもの。」

といって手ぶくろのはまった両手《りょうて》をパンパンやってみせました。おかあさんぎつねは、

「まあ！」

とあきれましたが、

「ほんとうに人間はいいものかしら。ほんとうに人間はいいものかしら。」

とつぶやきました。

うみのひかり

緒島英二《おじまえいじ》

ぼくのうちに、もうすぐあかちゃんがうまれる。

おにいちゃんになるなんて、そりゃはじめはうれしかった。

でも、でも、どうしてなの？

ぼくのおもちゃなんてどんどんしまわれて、こどもべやはあかちゃんのものばかり。

「おとうさん！　ねえ、おかあさん」

だれにも、ぼくのこえはきこえない。

ぼくは、とうめいにんげんになっちゃったのかな。

「あかちゃんのよていの日には、まだけっこうあるけど、いい子にしてろよ。おまえも、もう小学生なんだから。それに、なんていったっておにいちゃんになるんだからな」

車のスピードがあがる。

目のまえに、あおいうみがひろがった。

おじいちゃんのいえは、なんだかくらくてかびくさかった。

「どうした、ふみや。もっとたべなさい。なあに、あかんぼうがうまれれば、すぐにむかえにきてくれる。それまでのしんぼうだ」

「べつにうまれてこなくたっていいのに……」

おじいちゃんが、じっとぼくをみた。

「そうだ、ふみや。あしたは貝《かい》ひろいにでもいってみよう。たくさんとれるぞ。なっ、そうしよう。そうしよう」

貝ひろいのあさ、おじいちゃんははたけにでたきり、なかなかもどってこなかった。

はたけにでると、おじいちゃんは小さなトマトをなんどもゆびでなでていた。

「おじいちゃん！　もう、はやくしてよ」

「すまん、すまん。トマトがやっとこさ実《み》をつけてな。ばあさんがだいすきだったんだ」

「トマトなんてどうでもいいよ。はやくして」

おじいちゃんはうそつきだ。貝《かい》なんて、ちっともとれやしない。

「おまえは、ここにいろよ」

ぼくをはまべにおいて、おじいちゃんはうみにもぐった。

「ああっ、ずるーい、ぼくも！」

うみのほうへと、ぼくもかけだす。

「これっ、ちょっとまて！」

ぼくのあたまに大きななみがかかるとき、おじいちゃんがガシッとぼくをだきとめた。

貝ひろいのつぎの日は、雨だった。

ぼくがおきたら、おじいちゃんはもういなかった。

まどから、はたけのおじいちゃんがみえた。

おじいちゃんは、雨のなかでせっせとなっぱをぬいている。

ぼくはずっとおじいちゃんをみていた。

おとうさんからのでんわには、ぼくはなかなかでる気がしなかった。

「まだ、うまれないそうだ」

「どうでもいいよ。あかんぼうなんて」

おじいちゃんは、さびしそうなかおでぼくをみた。

「おまえの気もちもわからんでもないが」

「……ちょっと、どこいくのさ。まってよ」

ぼくはあわててサンダルをはいた。

「ふみや。ほれっ」

「えっ？　ああっ！　おじいちゃんの手、ひかってる！」

「夜光虫《やこうちゅう》だ。こんなに小さな虫でも、うまれてきたことがうれしくって、いっしょうけんめいひかってるだろ」

「うわー、おじいちゃん。あっちにもこっちにも、いっぱいだね」

「……きっと、どんないのちにも、うまれたときからこんなひかりがある。だからな、ふみや。どうでもいいものなんて、どこにもひとつもないんだよ」

ぼくはだまって、手のひらのひかりをみつめていた。

つよいかぜが、おもたいくもをつれてきた。

「あらしがくるかもしれん。さあ、いそごう」

ぼくとおじいちゃんで、さつまいものなえをつぎつぎとうえた。

「これでよしっ。さて、らいねんは、スイカにでもちょうせんしてみるかな」

それからしばらくたった日のよなか、おじいちゃんがとびおきた。

「まさか、こんなあらしになるなんて」

おじいちゃんがカッパをつかんでとびだしていく。

「まって、ぼくも！」

まっくらなはたけで、おじいちゃんのでんとうだけが、あのうみのひかりみたいにゆれていた。

あさ、はたけにでると、はっぱがたくさんちらばっていた。

トマトはたおれそうになりながら、それでもちゃんと実《み》をのこしていた。

「ふみや、みてみろ。このねっこ。はんぶんとばされかけていても、しっかりと土をつかんでふんばってるぞ」

「ほんとうだ。あんなにつよいかぜだったのに、よくがんばったね」

「ああ、いっしょうけんめいよくやった」

トマトのねっこに、ぼくたちはそっと土をもった。

そのあさ、おとうとはうまれた。

びょういんのドアをあけると、おとうとは、おかあさんにしっかりとだっこされていた。

ぼくのむねがドキンってさわいだ。

おっぱいのにおいのするおとうとに、ぼくはおそるおそるゆびをちかづけた。

小さなおとうとの手は、びっくりするくらいつよく、ぼくのゆびをにぎってはなさない。

「ああっ！　トマトのねっことおんなじだ」

「なにいってんだ、おまえは」

みんなのわらいごえのなか、ぼくはそっとおとうとの手をにぎりかえした。

おとうとの一さいのたんじょう日に、みんなでおじいちゃんのいえにいった。

はじめてうみをみたおとうとは、目をまんまるにして、ぼくにしがみついてきた。

「だいじょうぶだよ、おにいちゃんがついてるだろ」

まぶしいうみのひかりが、いつまでもぼくたちをつつみこんでいた。

サーカスのライオン

川村《かわむら》たかし

町はずれのひろばにサーカスがやってきた。ライオンやトラもいれば、おばけやしきもある。ひさしぶりのことなので、けんぶつ人がぞくぞくとやってきた。

「はい、いらっしゃいいらっしゃい。オーラオーラ、おかえりはこちらです。」

さむい風をはらんだテントがはたはたとなって、サーカス小屋はまるで海の上をはしるほかけぶねのようだった。

ライオンのじんざは、としとっていた。ときどき耳をひくひくさせながら、テントのかげのはこの中で一日じゅうねむっていた。ねむっているときはいつもアフリカのゆめをみた。ゆめの中におとうさんやおかあさんやにいさんたちがあらわれた。

草原《そうげん》の中を、じんざは風のようにはしっていた。

じぶんのばんがくると、じんざはのそりとたちあがる。はこはテントの中にもちこまれ、十五まいのてつのこうし戸がくみあわされて、ライオンのぶたいができあがる。ぶたいのまんなかでは、まるいわがめらめらともえていた。

「さあ、はじめるよ。」

ライオンつかいのおじさんが、チタンチタッとむちをならすと、じんざは火のわをめがけてジャンプした。うまいものだ。二本でも三本でももえるわの中をくぐりぬける。

おじさんがよそみしているのに、じんざは三かい四かいとくりかえしていた。

夜になった。おきゃくがかえってしまうと、サーカス小屋はしんとした。ときおり、風がふくような音をたててトラがほえた。

「たいくつかね。ねてばかりいるから、いつのまにかおまえの目も白くにごってしまったよ。きょうのジャンプなんて、げんきがなかったぞ。」

おじさんがのぞきにきていった。じんざがこたえた。

「そうともさ。まい日、おなじことばかりやっているうちに、わしはおいぼれたよ。」

「だろうなあ。ちょっとかわってやるから、さんぽでもしておいでよ。」

そこでライオンはにんげんのふくをきた。わからないようにマスクもかけた。くつをはき、てぶくろもはめた。

ライオンのじんざは、うきうきして外へでた。

「外はいいなあ。星がちくちくゆれて、北風にふきとびそうだなあ。」

ひとりごとをいっていると、

「おじさん、サーカスのおじさん。」

と、声《こえ》がした。

男の子がひとりたっていた。

「もうライオンはねむったかしら。ぼく、ちょっとだけそばへいきたいんだけどなあ。」

じんざはおどろいて、もぐもぐたずねた。

「ライオンがすきなのかね。」

「うん、だいすき。それなのに、ぼくたちひるまサーカスをみたときは、なんだかしょげていたの。だからおみまいにきたんだよ。」

じんざは、ぐぐっとむねのあたりがあつくなった。

「ぼく、サーカスがすき。おこづかいためて、またくるんだ。」

「そうかい、そうかい、きておくれ。ライオンもきっとよろこぶよ。でも、今夜《こんや》はおそいから、もうおかえり。」

じんざは男の子の手をひいて、家までおくっていくことにした。

男の子のおとうさんは、夜のつとめがあってるす。おかあさんがにゅういんしているので、つきそいのために、おねえさんも夕方からでかけていった。

「ぼくはるすばんだけど、もうなれちゃった。それよりサーカスの話をして。」

「いいとも。ピエロはこんなふうにして——」

じんざがひょこひょことおどけてあるいているときだった。くらいみぞの中に、ゲクッと足をつっこんだ。

「あいたた。ピエロもくらいところはらくじゃない。」

じんざはくじいた足にタオルをまき

つけた。すると、男の子は首をかしげた。

「おじさんのかお、なんだか毛がはえてるみたい。」

「う、ううん。なあに、さむいので毛皮《けがわ》をかぶっているのじゃよ。」

じんざはあわてててむこうをむいて、ぼうしをかぶりなおした。

男の子のアパートは、道のそばの石がきの上にたっていた。じんざが見あげていると、へやにひがともった。高いまどからかおをだして、

「サーカスのおじさん、おやすみなさい。あしたライオンみにいっていい？」

「いいとも。うらからくればみつからないよ。」

じんざが下から手をふった。

つぎの日、ライオンのおりのまえに、ゆうべの男の子がやってきた。じんざは、タオルをまいた足をそっとかくした。まだ、足首はずきんずきんとい

たかった。夜のさんぽも、しばらくはできそうもない。

男の子はチョコレートのかけらをさしだした。

「さあ、おたべよ。ぼくと、はんぶんこだよ。」

じんざはチョコレートはすきではなかった。けれども、目をほそくしてうけとった。じんざはうれしかったのだ。

それから男の子は、まい日やってきた。じんざはもうねむらないでまっていた。やってくるたびに、男の子はチョコレートをもってきた。そして、おかあさんのことをはなしてきかせた。じんざはのりだして、うなずいてきいていた。

いよいよサーカスがあしたでおわるという日、男の子はいきをはずませてとんできた。

「おかあさんがね、もうじきたいいんするんだよ。それに、おこづかいもたまったんだ。あしたサーカスにくるよ。火のわをくぐるのをみにくるよ。」

男の子がかえっていくと、じんざのからだに力がこもった。目がぴかっとひかった。――ようし、あしたわしはわかいときのように、火のわを五つにしてくぐりぬけてやろう。

その夜ふけ――。

だしぬけにサイレンがなりだした。

「火事《かじ》だ。」

と、どなる声がした。うとうとしていたじんざは、はねおきた。

風にひるがえるテントのすきまから外をみると、男の子のアパートのあたりが、ぼうっと赤い。ライオンのからだが、ぐーんと大きくなった。

じんざはふるくなったおりをぶちこわして、まっしぐらに外へはしりでた。足のいたいのもわすれて、むかし、アフリカの草原《そうげん》をはしったときのように、じんざはひとかたまりの風になってすっとんでいく。

おもったとおり、石がきの上のアパートがもえていた。まだしょうぼう車がきていなくて、人びとがわいわいいいいながら、にもつをはこびだしている。

「中に子どもがいるぞ。たすけろ。」

と、だれかがどなった。

「だめだ。中へはもういれやしない。」

それをきいたライオンのじんざは、ぱっと火の中へとびこんだ。

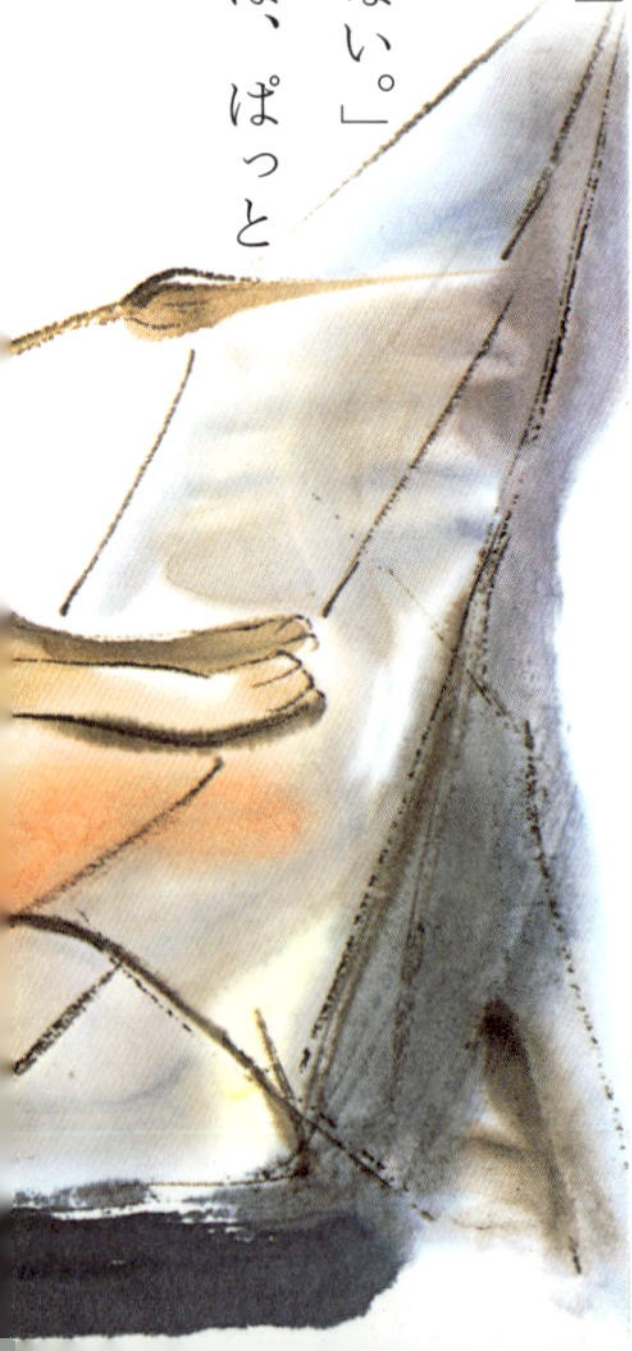

「だれだ、あぶない。ひきかえせ。」

うしろで声がしたが、じんざはひとりでつぶやいた。

「なあに。わしは火にはなれていますのじゃ。」

けれども、ごうごうとふきあげるほのおは、かいだんをはいのぼり、けむりはどのへやからもうずまいてふきでていた。じんざは足をひきずりながら、男の子のへやまでたどりついた。

へやの中で、男の子は気をうしなってたおれていた。

じんざはすばやくだきかかえて、外へでようとした。

けれども、おもてはもうほのおがぬうっとたちふさがってしまった。

石がきの上のまどから首をだしたじんざは、おもわずみぶるいした。高いので、さすがのライオンもとびおりることはできない。

じんざは力のかぎりほえた。

ウォーッ

その声で気がついたしょうぼう車が下にやってきて、はしごをかけた。のぼってきた男の人にやっとのことで子どもをわたすと、じんざは両手《りょうて》で目をおさえた。けむりのために、もうなんにもみえない。

見あげる人たちが、声をかぎりによんだ。

「早くとびおりるんだ。」

だが、風にのったほのおはまっかにアパートをつつみこんで、火のこをふきあげていた。ライオンのすがたはどこにもなかった。

やがて、人びとのまえに、ひとかたまりのほのおがまいあがった。そして、ほのおはみるみるライオンのかたちになって、空高くかけあがった。ぴかぴかにかがやくじんざだった。もうさっきまでの、すすけた色ではなかった。金色《きんいろ》にひかるライオンは、空をはしり、たちまちくらやみの中にきえさった。

つぎの日はサーカスのおしまいの日だった。けれども、ライオンのきょくげいはさびしかった。おじさんは、ひとりでチタッとむちをならした。五つの火のわはめらめらともえていた。だが、くぐりぬけるライオンのすがたはなかった。それでもおきゃくはいっしょうけんめいに手をたたいた。ライオンのじんざが、どうしてかえってこなかったかを、みんながしっていたので。

おにたのぼうし

あまん きみこ

せつぶんのよるのことです。
まことくんが、げんきにまめまきをはじめました。
ぱら　ぱら　ぱら　ぱら
まことくんはいりたてのまめを、ちからいっぱいなげました。
「ふくはーうち。おにはーそと。」
ちゃのまも、きゃくまも、こどもべやも、だいどころも、げんかんも、て

あらいも、ていねいにまきました。そこで、まことくんは、

「そうだ、ものおきごやにも、まかなくっちゃ。」

と、いいました。

そのものおきごやのてんじょうに、きょねんのはるから、小さなくろおにのこどもがすんでいました。おにたというなまえでした。

おにたは、きのいいおにでした。

きのうもまことくんに、なくしたビーだまをこっそりひろってきてやりました。

このまえは、にわかあめのとき、ほしものを、ちゃのまになげこんでおきました。おとうさんのくつをぴかぴかにひからせておいたこともあります。

でも、だれもおにたがしたとはきがつきません。はずかしがりやのおにた

は、みえないように、とてもようじんしていたからです。

まめまきのおとをききながら、おにたはおもいました。

（にんげんっておかしいな。おにはわるいって、きめているんだから。おににも、いろいろあるのにな。にんげんも、いろいろいるみたいに。）

そして、ふるいむぎわらぼうしをかぶりました。つのかくしのぼうしです。

こうして、かさっともおとをたてないで、おにたは、ものおきごやをでていきました。


こなゆきがふっていました。

どうろも、やねも、のはらも、もうまっしろです。

おにたのはだしの小さなあしが、つめたいゆきのなかに、ときどきすぽっとはいります。

（いいうちが、ないかなあ。）

でも、こんやは、どのうちも、ひいらぎのはをかざっているので、はいることができません。ひいらぎは、おにのめをさすからです。

小さなはしをわたったところに、トタンやねのいえをみつけました。

おにたのひくいはながうごめきました。

（こりゃあ、まめのにおいがしないぞ。しめた。ひいらぎもかざっていない。）

どこからはいろうかと、きょろきょろみまわしていると、いりぐちのドアがあきました。

おにたは、すばやく、いえのよこにかくれました。

おんなのこがでてきました。

そのこは、でこぼこしたせんめんきのなかに、ゆきをすくっていれました。

それから、あかくなった小さなゆびを、口にあてて、はーっと白いいきをふきかけています。

（いまのうちだ。）

そうおもったおにたは、ドアから、そろりとうちのなかにはいりました。

そして、てんじょうのはりの上に、ねずみのようにかくれました。


へやのまんなかに、うすいふとんがしいてあります。

ねているのは、おんなのこのおかあさんでした。

おんなのこは、あたらしいゆきでひやしたタオルを、おかあさんのひたいにのせました。すると、おかあさんが、ねつでうるんだめをうっすらとあけて、いいました。

「おなかがすいたでしょう?」

おんなのこは、はっとしたようにくちびるをかみました。でも、けんめいにかおをよこにふりました。そして、

「いいえ、すいてないわ。」

とこたえました。

「あたし、さっき、たべたの。あのねえ……あのねえ……、おかあさんがねむっているとき。」

と、はなしだしました。

「しらないおとこのこが、もってきてくれたの。あったかいあかごはんと、うぐいすまめよ。きょうはせつぶんでしょう。だから、ごちそうがあまったっ

て。」

おかあさんは、ほっとしたようにうなずいて、またとろとろねむってしまいました。すると、おんなのこが、ふーっとながいためいきをつきました。

おにたはなぜか、せなかがむずむずするようで、じっとしていられなくなりました。それで、こっそりはりをつたって、だいどころにいってみました。

（ははあん——）

だいどころは、かんからかんにかわいています。こめつぶひとつありません。だいこんひときれありません。

（あのちび、なにもたべちゃいないんだ。）

おにたは、もうむちゅうで、だいどころのまどのやぶれたところから、さむいそとへとびだしていきました。

それからしばらくして、いりぐちをとんとんとたたくおとがします。

（いまごろ、だれかしら？）

おんなのこがでていくと、ゆきまみれのむぎわらぼうしをふかくかぶったおとこのこがたっていました。そして、ふきんをかけたおぼんのようなものをさしだしたのです。

「せつぶんだから、ごちそうがあまったんだ。」

おにたはいっしょうけんめい、さっきおんなのこがいったとおりにいいました。

おんなのこはびっくりして、もじもじしました。

「あたしにくれるの？」

そっとふきんをとると、あたたかそうなあかごはんと、うぐいすいろのに

まめがゆげをたてています。

おんなのこのかおが、ぱっとあかくなりました。そして、にこっとわらいました。


おんなのこがはしをもったまま、ふっとなにかかんがえこんでいます。

「どうしたの？」

おにたがしんぱいになってきくと、

「もう、みんな、まめまきすんだかな、とおもったの。」

とこたえました。

「あたしも、まめまき、したいなあ。」

「なんだって？」

おにたはとびあがりました。

「だって、おにがくれば、きっと、おかあさんのびょうきがわるくなるわ。」

おにたはてをだらんとさげて、ふるふるっとかなしそうにみぶるいしていました。

「おにだって、いろいろあるのに。おにだって……」

こおりがとけたように、きゅうにおにたがいなくなりました。あとには、あのむぎわらぼうしだけが、ぽつんとのこっています。

「へんねぇ。」

おんなのこはたちあがって、あちこちさがしました。そして、

「このぼうし、わすれたわ。」

それを、ひょいともちあげました。

「まあ、くろいまめ！　まだあったかい……」

おかあさんがめをさまさないように、おんなのこはそっと、まめをまきました。

「ふくはーうち。おにはーそと。」

むぎわらぼうしから、くろいまめをまきながら、おんなのこは、

（さっきのこは、きっとかみさまだわ。そうよ、かみさまよ……）

と、かんがえました。

（だから、おかあさんだって、もうすぐよくなるわ。）

ぱら　ぱら　ぱら　ぱら
ぱら　ぱら　ぱら　ぱら
とてもしずかなまめまきでした。

百羽《ひゃっぱ》のツル

花岡大学《はなおかだいがく》

つめたい月の光で、こうこうとあかるい、夜ふけのひろい空でした。

そこへ、北のほうから、まっ白なはねを、ひわひわとならしながら、百羽のツルが、とんできました。

百羽《ひゃっぱ》のツルは、みんな、おなじはやさで、白いはねを、ひわひわと、うごかしていました。くびをのばして、ゆっくりゆっくりと、とんでいるのは、つかれているからでした。なにせ、北のはての、さびしいこおりの国から、ひるも夜も、やすみなしに、とびつづけてきたのです。

だが、ここまでくれば、ゆくさきは、もうすぐでした。

たのしんで、まちにまっていた、きれいなみずうみのほとりへ、つくことができるのです。

「下をごらん、山脈《さんみゃく》だよ。」

と、せんとうの大きなツルが、うれしそうに、いいました。

みんなは、いっときに、下を見ました。くろぐろと、いちめんの大森林《だいしんりん》です。

雪をかむった、たかいみねだけが、月の光をはねかえして、はがねのように、光っていました。

「もう、あとひといきだ。みんな、がんばれよ。」

百羽《ひゃっぱ》のツルは、目を、キロキロと光らせながら、つかれたはねに、ちからをこめて、しびれるほどつめたい、夜の空気をたたきました。

それで、とびかたは、いままでよりも、すこしだけ、はやくなりました。

もう、あとが、しれているからです。のこりのちからを、だしきって、ちょっとでもはやく、みずうみへつきたいのでした。

するとそのとき、いちばんうしろからとんでいた、小さな子どものツルが、下へ下へと、おちはじめました。

子どものツルは、みんなに、ないしょにしていましたが、びょうきだったのです。ここまでついてくるのも、やっとでした。

みんなが、すこしばかりはやくとびはじめたので、子どものツルは、ついていこうとして、しにものぐるいで、とびました。

それがいけなかったのです。

あっというまに、はねが、うごかなくなってしまい、すいこまれるように、下へおちはじめました。

だが子どものツルは、みんなに、たすけをもとめようとは、おもいませんでした。もうすぐだと、よろこんでいる、みんなのよろこびを、こわしたくなかったからです。

だまって、ぐいぐいとおちながら、小さなツルは、やがて気をうしなってしまいました。

子どものツルのおちるのをみつけて、そのすぐまえをとんでいたツルが、するどくなきました。すると、たちまち、たいへんなことがおこりました。まえをとんでいた、九十九羽《わ》のツルが、いっときに、さっと、下へ下へとおちはじめたのです。

子どものツルよりも、もっとはやく、月の光をつらぬいてとぶ、ぎんいろの矢のようにはやく、おちました。

そして、おちていく子どものツルを、おいぬくと、くろぐろとつづく大森林《だいしんりん》のま上あたりで、九十九羽《わ》のツルは、さっとはねをくんで、いちまいの白いあみとなったのでした。

すばらしい九十九羽の鶴《つる》のきょくげいは、みごとに、あみの上に、子どものツルをうけとめると、そのまま空へ、まいあがりました。

気をうしなった、子どものツルを、ながい足でかかえた、せんとうのツルは、なにごともなかったように、みんなに、いいました。

「さあ、もとのようにならんで、とんでいこう。もうすぐだ。がんばれよ。」

こうこうとあかるい、夜ふけの空を、百羽《ひゃっぱ》のツルは、まっしろなはねを、

そろえて、ひわひわと、空のかなたへ、しだいに小さくきえていきました。

モチモチの木

斎藤隆介《さいとうりゅうすけ》

まったく、豆太《まめた》ほどおくびょうなやつはない。もう五つにもなったんだから、よなかにひとりでセッチン*ぐらいにいけたっていい。ところが豆太は、セッチンはおもてにあるし、おもてには大きなモチモチの木がつったっていて、空いっぱいのかみの毛をバサバサとふるって、りょう手を「ワァッ！」とあげるからって、よなかには、じさまについてってもらわないと、ひとりじゃしょうべんもできないのだ。

＊便所《べんじょ》

じさまは、グッスリねむっているまよなかに、豆太《まめた》が「ジサマァ」って、どんなにちいさい声《こえ》でいっても、「しょんべんか」と、すぐ目をさましてくれる。いっしょにねている一まいしかないふとんを、ぬらされちまうよりいいからなァ。

それにとうげのりょうしごやに、じぶんとたったふたりでくらしている豆太がかわいそうで、かわいかったからだろう。

けれど豆太のおとゥだって、クマとくみうちして、あたまをブッさかれて死《し》んだほどのキモ助《すけ》だったし、じさまだって六十四のいま、まだ青ジシをおっかけて、キモをひやすような岩から岩へのとびうつりだって、みごとにやってのける。それなのに、どうして豆太だけが、女《おな》ゴみたいにいろばっかりナマッ白《ちろ》くて、こんなにおくびょうなんだろうか——。

モチモチの木ってのなは、豆太《まめた》がつけたなまえだ。こやのすぐまえにたっているデッカイデッカイ木だ。

秋になると、ちゃいろいピカピカひかった実《み》をいっぱいふりおとしてくれる。その実をじさまが木ウスでついて、石ウスでひいてこなにする。こなにしたやつをもちにこねあげて、ふかしてたべると、ホッペタがおっこちるほどうまいんだ。

「ヤイ木《き》ィ、モチモチの木ィ！　実ィオトセェ！」

なんて、ひるまは木のしたにたって、かた足で足ぶみして、いばってサイソクしたりするくせに、よるになると豆太は、もうダメなんだ。木がおこって、りょう手で、「オバケェ〜〜〜！」って、うえからおどかすんだ。よるのモチモチの木は、そっちをみただけで、もうションベンなんか出なくなっちまう。

じさまが、しゃがんだヒザのなかに豆太《まめた》をかかえて、

「ああ、いいよるだ。星に手がとどきそうだ。おく山じゃァ、シカやクマめらが、ハナぢょうちんだして、ねっこけてやがるべ、それ、シイーッ」っていってくれなきゃ、とっても出やしない。しないでねると、あしたのあさ、とこのなかがコウ水《ずい》になっちまうもんだから、じさまはかならず、そうしてくれるんだ。五つになって「シー」なんて、みっともないやなァ。でも豆太は、そうしなくっちゃダメなんだ。

そのモチモチの木に、こんやはひがともるばんなんだそうだ。

じさまがいった。

「シモ月二十日《つきはつか》のウシミツにゃァ、モチモチの木にひがともる。おきてて見てみろ、そりゃァキレイだ。おらも、こどものころに見たことがある。死《し》んだ

おまえのおとゥもみたそうだ。山のかみさまのおまつりなんだ、それは、ひとりのこどもしかみることはできねえ、それもゆうきのあるこどもだけだ」

「……ソレジャァオラワ、トッテモダメダ……」

豆太《まめた》は、ちっちゃいこえで、なきそうにいった。だって、じさまも、おとゥもみたんなら、じぶんもみたかったけど、こんな冬のまよなかに、モチモチの木を、それもたったひとりでみにでるなんて、トンデモネエはなしだ。ブルブルだ。

木の枝《えだ》のこまかいところにまで、みんなひがともって、木があかるくボォーッとかがやいて、まるでそれは、ゆめみてえにキレイなんだそうだが、そして豆太は、――ヒルマ、ダッタラ、ミテエナァ……と、ソッと思ったんだが、ブルブル、よるなんてかんがえただけでも、オシッコをもらしちまいそうだ……。豆太《まめた》は、はじめっからあきらめて、ふとんにもぐりこむと、じさまのタバコくさいむねンなかにハナをおしつけて、よいのくちからねてしまった。

豆太はまよなかに、ヒョッと目をさました。あたまのうえでクマのうなりごえがきこえたからだ。

「ジサマァッ〰〰〰！」

むちゅうでじさまにシガミつこうとしたが、じさまはいない。

「マ、豆太、しんぺぇすんな、じさまは、じさまは、ちょっと、はらがイテエだけだ」

まくらもとで、クマみたいにからだをまるめてうなっていたのは、じさまだった。

「ジサマッ！」

こわくて、びっくらして、豆太《まめた》はじさまにとびついた。けれどもじさまは、コロリとタタミにころげると、はをくいしばって、ますますスゴクうなるだけだ。

――イシャサマオ、ヨバナクッチャ！

豆太はこいぬみたいにからだをまるめて、おもて戸《ど》をからだでフッとばしてはしりだした。

ねまきのまんま。ハダシで。半ミチもあるふもとの村まで……。

そとはすごい星で、月もでていた。とうげのくだりのさかみちは、いちめんのまっ白いしもで、雪みたいだった。しもが足にかみついた。足からはちがでた。豆太はなきなきはしった。いたくて、さむくて、こわかったからなァ。

でも、だいすきなじさまの死《し》んじまうほうが、もっとこわかったから、なきなきふもとのいしゃさまへはしった。

これもとしよりじさまのいしゃさまは、豆太《まめた》からわけをきくと、「オゥオゥ……」といって、ねんねこバンテンにくすりばこと豆太をおぶうと、まよなかのとうげみちを、エッチラ、オッチラ、じさまのこやへのぼってきた。

とちゅうで、月がでてるのに雪がふりはじめた。この冬はじめての雪だ。豆太は、そいつをねんねこのなかからみた。そしていしゃさまのこしを、足でドンドンけとばした。じさまが、なんだか、死んじまいそうなきがしたからな。

豆太はこやへはいるとき、もうひとつふしぎなものをみた。

「モチモチの木にひがついている！」

けれど、いしゃさまは、

「ア？　ほんとだ。まるでひがついたようだ。だどもあれは、トチの木のうしろに、ちょうど月がでてきて、えだのあいだに星がひかってるんだ。そこに雪が、ふってるから、あかりがついたようにみえるんだべ」

といって、こやのなかへはいってしまった。だから、豆太《まめた》は、そのあとはしらない。いしゃさまのてつだいをして、カマドにマキをくべたり、ゆをわかしたりなんだり、いそがしかったからな。

でも、つぎのあさ、はらイタがなおって、げんきになったじさまは、いしゃさまのかえったあとで、こういった。

「おまえは、山のかみさまのまつりをみたんだ。モチモチの木にはひがついたんだ。おまえはひとりでよみちをいしゃさまよびにいけるほどゆうきのあることもだったんだからな。じぶんでじぶんをよわむしだなんておもうな。にんげん、やさしささえあれば、やらなきゃならねえことは、きっとやるもんだ。それをみてたにんがびっくらするわけよ。ハハハ」

——それでも豆太《まめた》は、じさまがげんきになるとそのばんから、「ジサマァ」と、ションベンにじさまをおこしたとサ。

かあさんのうた

大野《おおの》允子《みつこ》

『くすのきまち』は、バスの終点《しゅうてん》です。

道のほとりに、大きなくすのきがたっていました。

終《しゅう》バスがついて、まばらな人かげが露地《ろじ》にきえると、くすのきのあたりは、ひっそりします。

ほそい月のでた夜でした。

くすのきの頭が、空のなかでゆれていました。

「おや、きこえるぞ。」

くすのきは、足もとで、ちいさなうたごえをきいたのです。

「かあさんがうたってる。やさしい、こえだなあ。」

くすのきはうっとりしました。

「……しあわせな、親子だな。」

手をつないだ親子が、うたいながら、くすのきのそばを通っていきました。

「いいな、いいな、かあさんのうたは……。」

くすのきはまた、あの夜のことを思い出したのです。

「かわいそうな、とってもかわいそうな、親子だったよ。」

夜空がまっかにそまって、ひろしまの町が、焼《や》けていった夜のことです。

「ずうっと、とおい、むかしのことのようだ……いやいや、なんだか、きの

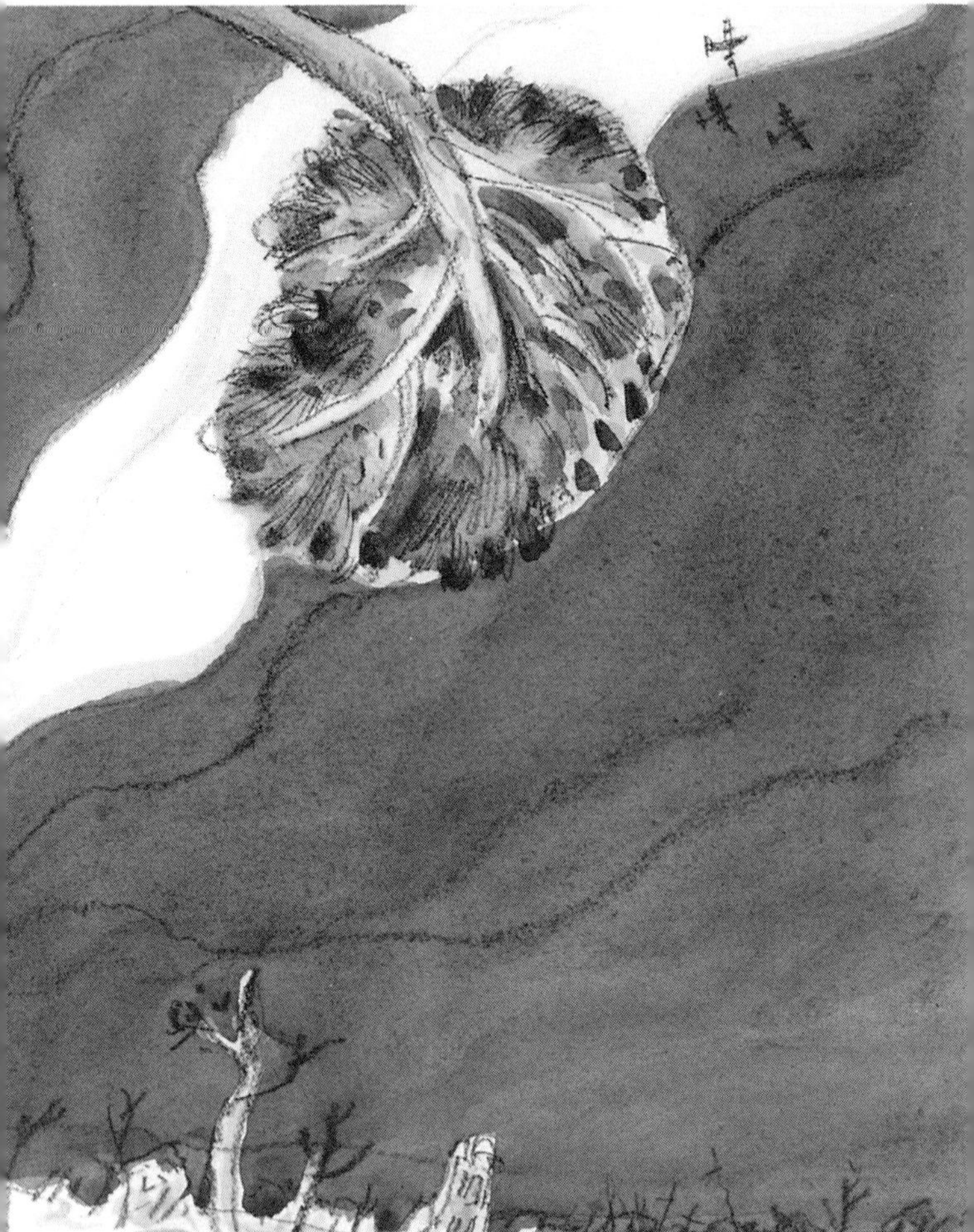

うのことのようだ……。」

くすのきは、町が焼《や》けていくのを見ました。人の死《し》んでいくのも、見ました。

「おそろしい爆弾《ばくだん》だった。あんなの、はじめて、見たんだ。ここの道を、みんな、にげていったな。足もとへたおれて、もう、うごけない人もいた……。」

あつい夏の日でしたが、くすのきのまわりには、ひいやりしたかげがあったのです。

日がくれると、ひろげた枝《えだ》のしげった葉《は》が、夜つゆのおちるのをささえました。

ふとい幹《みき》によっかかって、ねむる人もありました。土の上にころがって、ねむった人もありました。

くすのきのにおいが、かすかに、ただよっておりました。

「……みんな、やけどをしていた。にげようにも、もう、うごけなかったんだ。ものをいう力も、ないようだったな。」

町を焼《や》く火が、くすのきの頭を、あかあかとてらしていました。

「だいじょうぶだ。こんな町はずれまで、火事《かじ》はひろがってきやしない。あんしんして、おやすみ。」

くすのきは、足もとでねむっている人たちを、じぶんが、守《まも》ってあげなければならない、というような、きもちでした。

「おや、きこえる。」

くすのきは、足もとで、ちいさなうたごえをきいたのです。やさしい子も

りうたです。

ぼうやをだいてうたっているのは、おさげのかみの女学生《じょがくせい》でした。

かあさんの名を、よびつづけるぼうやを、ほっておけなかったのです。

「かあ、ちゃん。」

「はいよ。」

「か、あ、ちゃ……。」

こえが、だんだん、よわっていきます。

まいごのぼうやは、顔《かお》じゅうひどいやけどで、目も見えないようでした。

「かあちゃんよ。ここに、かあちゃんが、いるよっ！」

女学生は、ぼうやを、しっかりとだきました。

女学生の心は、かあさんの心になりました。

かあさんの胸《むね》に顔《かお》をうめて、ぼうやはもう、なんにもいえないのです。

かあさんは、くすのきによりかかって、ぼうやをだいて、子もりうたをうたいつづけました。

「いいうただ、うたってておやり！　ずうっと、ずうっと、こえのつづくかぎり、うたってておやり。ちいさな、やさしいかあさん！」

くすのきは胸がつまりました。

でも、うれしかったのです。

「……ぼうや、よかったな。かあさんに、だかれて……いいな。」

いいながらくすのきは、からだをふるわせていました。

「かわいそうな、ちいさな親子……。」

やがて、朝がきて、日の光が、ちいさな親子のほおを、金色《きんいろ》にてらしまし

た。

「まるで、生きてるようだったよ、ふたりとも——。」

子もりうたをききながら、ぼうやは、死《し》んだのです。

　ぼうやをだいたまま、くすのきによりかかったまま、ちいさなかあさんも死んでいました。

「……目をつむると、今でも、あのうたが、きこえてくるようだ。」

　くすのきのひとりごとが、夜空をながれていきました。

ちいちゃんのかげおくり

あまん きみこ

「かげおくり」ってあそびをちいちゃんにおしえてくれたのは、おとうさんでした。

*しゅっせいするまえの日、おとうさんは、ちいちゃん、おにいちゃん、おかあさんをつれて、せんぞのはかまいりにいきました。

そのかえりみち、青い空を見上げたおとうさんがつぶやきました。

「かげおくりのよくできそうな空だなあ。」

＊軍隊《ぐんたい》に入って戦地《せんち》へ行くこと

「えっ、かげおくり？」

と、おにいちゃんがききかえしました。

「かげおくりって、なあに？」

と、ちいちゃんもたずねました。

「とお、かぞえるあいだ、かげぼうしをじっと見つめるのさ。とお、といったら、空を見上げる。すると、かげぼうしがそっくり空にうつってみえる。」

と、おとうさんがせつめいしました。

「とうさんやかあさんが子どものときに、よくあそんだものさ。」

「ね。いま、みんなでやってみましょうよ。」

と、おかあさんがよこからいいました。

ちいちゃんとおにいちゃんを中にして、四人は手をつなぎました。

そして、みんなでかげぼうしに、目をおとしました。

「まばたきしちゃ、だめよ。」

と、おかあさんがちゅういしました。

「まばたきしないよ。」

ちいちゃんとおにいちゃんがやくそくしました。

「ひとーつ、ふたーつ、みーっつ。」

と、おとうさんがかぞえだしました。

「よーっつ、いつーつ、むーっつ。」

と、おかあさんのこえも、かさなりました。

「ななーつ、やーっつ、ここのーつ。」

ちいちゃんとおにいちゃんも、いっしょにかぞえだしました。

「とお！」

目のうごきといっしょに、白い四つのかげぼうしが、すうっと空に上がりました。

「すごーい。」

と、おにいちゃんがいいました。

「すごーい。」

と、ちいちゃんもいいました。

「きょうの、きねんしゃしんだなあ。」

と、おとうさんがいいました。

「大きなきねんしゃしんだこと。」

と、おかあさんがいいました。

つぎの日。

おとうさんは、白いたすきをかたからななめにかけ、日の丸のはたにおくられて、れっしゃにのりました。

「からだのよわいおとうさんまで、いくさにいかなければならないなんて。」

おかあさんがぽつんといったのが、ちいちゃんの耳にはきこえました。

ちいちゃんとおにいちゃんは、かげおくりをしてあそぶようになりました。

ばんざいをしたかげおくり。

かた手を上げたかげおくり。

足をひらいたかげおくり。

いろいろなかげを空におくりました。

けれど、いくさがはげしくなって、かげおくりなどできなくなりました。この町の空にも、しょういだんやばくだんをつんだひこうきがとんでくるようになりました。

そうです。ひろい空はたのしいところではなく、とてもこわいところにかわりました。

なつのはじめのある夜、くうしゅうけいほうのサイレンで、ちいちゃんたちは目がさめました。

「さあ、いそいで。」

おかあさんのこえ。

そとに出ると、もう、あかい火が、あちこちにあがっていました。

おかあさんは、ちいちゃんとおにいちゃんをりょう手につないで、はしりました。

かぜのつよい日でした。

「こっちに火がまわるぞ。」

「川のほうににげるんだ。」

だれかがさけんでいます。

かぜがあつくなってきました。

ほのおのうずがおいかけてきます。

おかあさんは、ちいちゃんをだきあげてはしりました。

「おにいちゃん、はぐれちゃだめよ。」

おにいちゃんがころびました。足から血《ち》が出ています。ひどいけがです。

おかあさんは、おにいちゃんをおんぶしました。

「さあ、ちいちゃん、かあさんとしっかりはしるのよ。」

けれど、たくさんの人においぬかれたり、ぶつかったり……、ちいちゃんは、おかあさんとはぐれました。

「おかあちゃん、おかあちゃん。」

ちいちゃんはさけびました。

そのとき、しらないおじさんがいいました。

「おかあちゃんは、あとからくるよ。」

そのおじさんは、ちいちゃんをだいてはしってくれました。

くらいはしの下に、たくさんの人があつまっていました。

ちいちゃんの目に、おかあさんらしい人が見えました。

「おかあちゃん。」

と、ちいちゃんがさけぶと、おじさんは、

「見つかったかい、よかった、よかった。」

と、おろしてくれました。

でも、その人は、おかあさんではありませんでした。

ちいちゃんは、ひとりぼっちになりました。

ちいちゃんは、たくさんの人たちの中でねむりました。


あさになりました。

町のようすは、すっかりかわっています。

あちこち、けむりがのこっています。

どこがうちなのか……。

「ちいちゃんじゃないの？」

というこえ。

ふりむくと、はすむかいのうちのおばさんが立っています。

「おかあちゃんは？　おにいちゃんは？」

と、おばさんがたずねました。

ちいちゃんは、なくのをやっとこらえて、いいました。

「おうちのとこ。」

「そう、おうちにもどっているのね。おばちゃん、いまからかえるところよ。いっしょにいきましょうか。」

おばさんは、ちいちゃんの手をつないでくれました。

二人はあるきだしました。

いえは、やけおちてなくなっていました。

「ここがおにいちゃんとあたしのへや。」

ちいちゃんがしゃがんでいると、おばさんがやってきていいました。

「おかあちゃんたち、ここにかえってくるの？」

ちいちゃんは、ふかくうなずきました。

「じゃあ、だいじょうぶね。あのね、おばちゃんは、いまから、おばちゃんのおとうさんのうちにいくからね。」

ちいちゃんは、またふかくうなずきました。

その夜。

ちいちゃんは、ざつのう[*1]の中に入れてあるほしいい[*2]をすこしたべました。

*1 いろいろなものを入れるふくろ　*2 たいた米《こめ》をほしてかわかしたもの

そして、こわれかかったくらいぼうくうごうの中でねむりました。
（おかあちゃんとおにいちゃんは、きっとかえってくるよ。）
くもったあさがきて、ひるがすぎ、また、くらいよるがきました。
ちいちゃんは、ざつのうの中のほしいいを、またすこしかじりました。
そして、こわれかかったぼうくうごうの中でねむりました。

あかるいひかりがかおにあたって、目がさめました。
（まぶしいな。）
ちいちゃんは、あついようなさむいような気がしました。
ひどくのどがかわいています。
いつのまにか、たいようは、たかく上がっていました。

そのとき、

「かげおくりのよくできそうな空だなあ。」

というおとうさんのこえが、青い空からふってきました。

「ね。いま、みんなでやってみましょうよ。」

というおかあさんのこえも、青い空からふってきました。

ちいちゃんは、ふらふらする足をふみしめて立ちあがると、たったひとつのかげぼうしを見つめながら、かぞえだしました。

「ひとーつ、ふたーつ、みーっつ。」

いつのまにか、おとうさんのひくいこえが、かさなってきこえだしました。

「よーっつ、いつーつ、むーっつ。」

おかあさんのたかいこえも、それにかさなってきこえだしました。

「ななーつ、やーっつ、ここのーつ。」

おにいちゃんのわらいそうなこえも、かさなってきました。

「とお！」

ちいちゃんが空を見上げると、青い空に、くっきりと白いかげが四つ。

「おとうちゃん。」

ちいちゃんはよびました。

「おかあちゃん、おにいちゃん。」

そのとき、からだがすうっと、すきとおって、空にすいこまれていくのがわかりました。

いちめんの空のいろ。

ちいちゃんは、空いろの花ばたけの中に立っていました。

見まわしても見まわしても、花ばたけ。

(きっと、ここ、空の上よ。)

と、ちいちゃんはおもいました。

(ああ、あたし、おなかがすいて、かるくなったからういたのね。)

そのとき、むこうから、おとうさんとおかあさんとおにいちゃんが、わらいながらあるいてくるのが見えました。

(なあんだ。みんなこんなところにいたから、こなかったのね。)

ちいちゃんは、きらきらわらいだしました。わらいながら、花ばたけの中をはしりだしました。

なつのはじめのある朝。

こうして、小さな女の子のいのちが、空にきえました。

それからなん十年。

町には、まえよりもいっぱいいえがたっています。

ちいちゃんがひとりでかげおくりをしたところは、ちいさなこうえんになっています。

青い空の下。

きょうも、おにいちゃんやちいちゃんぐらいの子どもたちが、きらきらわらいごえをあげて、あそんでいます。

解説《かいせつ》

西本鶏介《にしもとけいすけ》

この本に収《おさ》めてあるお話は、いずれもいま使っている国語の教科書にのせられているものです（紹介《しょうかい》だけの作品もふくむ）。小学校の教科書は数年ごとにつくりかえられ、そのたびに新しいお話がえらばれます。だからといってすべてが入れかわるのではなく、前にのっていたお話が再《ふたた》びのせられることも少なくありません。中には何十年間も採用《さいよう》されているお話だってあります。教科書は地域《ちいき》や学校によって違い、えらばれるお話もさまざまです。

しかし、教科書はただ読むだけのものでなく、学習するための教材ですから、それにたえられるお話でなくては困《こま》ります。

したがってどの教科書もたくさんの本の中から時間をかけてえらびだし、

国語の教材として、それぞれの学年にふさわしいものが採用《さいよう》されます。お話の内容はちがってもくり返し読めるすぐれた作品ということができます。そんな教科書のお話を集め、紹介《しょうかい》のみのお話も全文が読めるようにと一さつにまとめたのがこの本です。よその学校の教科書にのっていて、自分の学校の教科書にのっていないお話を読めるのも、この本ならではの魅力《みりょく》です。すでに読んだことのあるお話でも教科書に採用《さいよう》されているお話だと思えば新しい興味《きょうみ》がわいてくるかもしれません。学校がちがう同学年の友だちとも教科書のお話について話しあうことができます。

しかし、教科書に採用されているお話だからといって勉強に役立てるためにつくった本ではありません。あくまでも読書を楽しむ本として使ってほしいと思います。読書は知識《ちしき》を学ぶことだけを目的としたものでなく、心を豊《ゆた》かにできるからおもしろくなるのです。教科書にのっているお話も学習の教材なんて意識《いしき》を持《も》たなければ、けっこう気楽に読めるはずです。作者は一流の人が多く、きびしい目でえらびだされたお話だけに自分で本えらびをするときの参考《さんこう》にもなります。学校での読書の時間に読む本としても利用してください。

「**のらねこ**」はねことねこ好《ず》きの子どもとの会話を通して、人にかわいがられたことのないのらねこのつらさを描《えが》いたお話です。空想的《くうそうてき》なできごとであってものらねこのいい分《ぶん》がよくわかり、家でかわれているねこよりよほどたくましい生き方に見えます。

「**きつつきの商売**《しょうばい》」は自然《しぜん》がかなでる音のすばらしさをきつつきの仕事《しごと》にたくして描くさわやかなお話。雨の日にのねずみの家族が聞くとくべつメニューの音やあたらしいメニューのトレモロがいまにも聞こえてきそうな気がして、ぶなの森へいきたくなります。

「**ウサギのダイコン**」はあたたかくて、しっとりとした心にさせてくれるお話です。耳のよく聞こえる魔法《まほう》のあるダイコンを持《も》って旅館《りょかん》のお手伝《てつだ》いにきてくれたうさぎの娘《むすめ》のやさしさと、その娘を信用《しんよう》するおかみさんの人のよさ。ふしぎなできごとがまるでほんとうのことのように思え、たちまちお話の世《せ》界《かい》へひきこまれます。

「**きつねをつれてむらまつり**」はおもちゃやのじいさんときつねの子のうれしいふれあいをユーモラスに描《えが》くお話です。顔がきつねのままであることに気づかないきつねを、なにもいわずにおまつりにつれていってあげるじいさんと人間に化《ば》けたつもりでお店を手伝うきつねのやりとりがいきいきと伝《つた》わってきます。

「**つりばしわたれ**」はいなかにあずけられた女の子が山びこのおかげで、つりばしをわたることができ、村の子どもたちとも友だちになれるお話。昔話《むかしばなし》などに出てくる山びこの子をいまの子どもたちの中へ登場《とうじょう》させ、とかいといなかの子のたのしい友情物語《ゆうじょうものがたり》にしています。

「**手ぶくろを買いに**」は名作童話《どうわ》の一つ。なぜ恐《おそ》ろしい人間《にんげん》のところへ子ぎつねを一人でいかせたのか。母ぎつねは人間がほんとうに信《しん》じられるかどうかを子ぎつねにたしかめさせたかったのかもしれません。だからこそさいごの母ぎつねのことばが心にのこります。

「**うみのひかり**」は生まれてくるいのちのとうとさをわからせてくれるお話です。なにもかもとられそうで、弟《おとうと》が生まれるのを面白《おもしろ》くないと思っていたぼくにおじいちゃんがおせっきょうでなく夜光虫《やこうちゅう》やトマトを見せるところはだれでもぼくと同じ気持《きも》ちになります。

「**サーカスのライオン**」はドラマチックで感動的《かんどうてき》なお話です。じぶんを愛《あい》してくれた男の子のためにもえさかるアパートにとびこんで助《たす》け出《だ》す年老《としお》いたライオンの姿《すがた》が胸《むね》を打《う》たずにおきません。金色《きんいろ》に光るライオンとなって空へ消《き》えていく場面《ばめん》も印象的《いんしょうてき》です。

「**おにたのぼうし**」は心やさしいおにのお話です。まずしい母子《ははこ》につくすおにたのなみだぐましい努力《どりょく》にほろりとさせられます。豆《まめ》でおいはらわれるおにのなかまであっても女の子にかみさまと思われるおにたはまさに節分《せつぶん》の夜にやってくる幸《しあわ》せの使者《ししゃ》でもあります。

「**百羽《ひゃっぱ》のツル**」はなかまを助《たす》けるとはどういうことかをしみじみと語りかけてくれる味《あじ》わい深《ぶか》いお話です。みんなにしんぱいをかけまいとがんばる子どものツルとそのツルを助けるために力をあわせる九十九羽《わ》のツル。こうこうと明るい月夜の空をとんでいくツルの姿《すがた》に作者の願《ねが》いがくっきり表現《ひょうげん》されています。

「**モチモチの木**」はほんものの思いやりは勇気《ゆうき》によって生まれることを昔話《むかしばなし》

のかたちで描《えが》いたお話です。おくびょう者の豆太《まめた》がたった一人で夜道をかけていく姿《すがた》がいじらしく、それゆえ、夜空にひかるモチモチの木のうつくしさが強く印象《いんしょう》づけられます。

「かあさんのうた」は広島《ひろしま》のげんばくでなくなった人のことをくすのきのつらい思い出によって語《かた》るお話です。まいごのぼうやのためおかあさんの身《み》がわりになって子もりうたをうたいながらじぶんも死《し》んでいく女学生《じょがくせい》。心の底《そこ》からせんそうをにくまずにいられません。

「ちいちゃんのかげおくり」もせんそうの悲《かな》しみがこみあげてくるお話です。たった一人生きのこったちいちゃんがかげふみをしながら空へたびだっていくところは思わず胸《むね》がいっぱいになります。これはお話であっても、ちいちゃんのような子どもがたくさんいたことを忘《わす》れないでほしいものです。

著者略歴

三木　卓（みき　たく）

一九三五年、東京都に生まれる。詩人。主な作品に、小説『鶸』、童話『ぽたぽた』、詩集『東京午前三時』などがある。『ふたりはともだち』（ローベル作）などの翻訳も手がける。

林原玉枝（はやしばら　たまえ）

広島県に生まれる。主な作品に、『おばあさんのすーぷ』『森のお店やさん』『ロクさんのふしぎなるすばん』「ぴんちゃん」シリーズなどがある。

茂市久美子（もいち　くみこ）

一九五一年、岩手県に生まれる。主な作品に、『おちばおちばとんでいけ』『ほうきにのれない魔女』「つるばら村」シリーズなどがある。

こわせ・たまみ

一九三四年、埼玉県に生まれる。主な作品に、『たみちゃんときつね』『きつねとつきみそう』などがある。童謡の作詞も手がける。

長崎源之助（ながさき　げんのすけ）

一九二四年、神奈川県に生まれる。戦争中の子どもたちを描いた作品を多く発表している。主な作品に、『ヒョコタンの山羊』『トンネル山の子どもたち』などがある。

新美南吉（にいみ　なんきち）

一九一三年、愛知県に生まれる。雑誌「赤い鳥」に創作を発表。主な作品に、「ごんぎつね」「おじいさんのランプ」「花のき村と盗人たち」などがある。一九四三年、死去。

緒島英二（おじま　えいじ）

一九五六年、神奈川県に生まれる。主な作品に、『うさぎ色の季節』『妖怪ばあさんのおくりもの』『テンカウントは聴こえない』などがある。

川村たかし（かわむら　たかし）

一九三二年、奈良県に生まれる。主な作品に、『山へいく牛』『くじらの海』『凍った猟銃』「新十津川物語」シリーズなどがある。

あまん　きみこ

一九三一年、旧満州に生まれる。主な作品に、「車のいろは空のいろ」シリーズ、『おかあさんの目』『きつねのかみさま』『ふうたのゆきまつり』などがある。

花岡大学（はなおか　だいがく）

一九〇九年、奈良県に生まれる。僧侶でもある。主な作品に、『かたすみの満月』『ゆうやけ学校』『花ぬすっと』などがある。一九八八年、死去。

斎藤隆介（さいとう　りゅうすけ）

一九一七年、東京都に生まれる。主な作品に、『ベロ出しチョンマ』『八郎』『花さき山』『天の赤馬』などがある。一九八五年、死去。

大野允子（おおの　みつこ）

一九三一年、広島県に生まれる。原爆体験を綴った物語を書き続ける。主な作品に、『つるのとぶ日』『夏服の少女たち』『ヒロシマ、残された九冊の日記帳』などがある。

監修・西本鶏介（にしもと　けいすけ）

一九三四年、奈良県に生まれる。昭和女子大学名誉教授。評論家、民話研究家、童話作家として幅広く活躍。おもな編・著書に、『文学のなかの子ども』『幼児のためのよみきかせおはなし集』『読書の時間に読む本』ほか多数がある。

<底本一覧>
のらねこ(『ぽたぽた』所収　筑摩書房　1983)
きつつきの商売(『森のお店やさん』所収　アリス館　1998)
ウサギのダイコン(『ゆうすげ村の小さな旅館』所収　講談社　2000)
きつねをつれてむらまつり(『きつねをつれてむらまつり』教育画劇　1990)
つりばしわたれ(『つりばしわたれ』岩崎書店　1976)
手ぶくろを買いに(『おじいさんのランプ』所収　ポプラポケット文庫　2005)
うみのひかり(『うみのひかり』教育画劇　1997)
サーカスのライオン(『サーカスのライオン』ポプラ社　1972)
おにたのぼうし(『おにたのぼうし』ポプラ社　1969)
百羽のツル(『百羽のツル』戸田デザイン研究所　1986)
モチモチの木(『ベロ出しチョンマ』所収　理論社　1967)
かあさんのうた(『かあさんのうた』ポプラ社　1977)
ちいちゃんのかげおくり(『ちいちゃんのかげおくり』あかね書房　1982)

2006年3月　第1刷©　　2007年6月　第6刷

ポプラポケット文庫007-6
教科書《きょうかしょ》にでてくるお話《はなし》 3年生《ねんせい》
監修　西本鶏介

発行者　坂井宏先
発行所　株式会社ポプラ社
東京都新宿区大京町22-1・〒160-8565
振替　00140-3-149271
電話（編集）03-3357-2216　（営業）03-3357-2212
（お客様相談室）0120-666-553
FAX（ご注文）03-3359-2359
インターネットホームページ http://www.poplar.co.jp
印刷・製本　中央精版印刷株式会社
Designed by 濱田悦裕

ISBN4-591-09169-4　N.D.C.913　186p　18cm　2006年
Printed in Japan

小学校 初・中級～　小学校 中級～　小学校 上級～　中学生向け

伝記

- 心を育てる偉人のお話1 野口英世、ナイチンゲール、ファーブル 他　西本鶏介／編・著
- 心を育てる偉人のお話2 豊臣秀吉、ヘレン・ケラー・宮沢賢治 他　西本鶏介／編・著
- 心を育てる偉人のお話3 坂本竜馬、徳川家康、キリスト 他　西本鶏介／編・著

ノンフィクション

- ハンナのかばん アウシュビッツからのメッセージ　カレン・レビン／著　石岡史子／訳

ポプラ ポケット文庫

児童文学・中級～

●	くまの子ウーフの童話集 くまの子ウーフ	神沢利子／作	井上洋介／絵
●	くまの子ウーフの童話集 こんにちはウーフ	神沢利子／作	井上洋介／絵
●	くまの子ウーフの童話集 ウーフとツネタとミミちゃんと	神沢利子／作	井上洋介／絵
●	うさぎのモコ	神沢利子／作	渡辺洋二／絵
●	おかあさんの目	あまんきみこ／作	菅野由貴子／絵
●	車のいろは空のいろ 白いぼうし	あまんきみこ／作	北田卓史／絵
●	車のいろは空のいろ 春のお客さん	あまんきみこ／作	北田卓史／絵
●	車のいろは空のいろ 星のタクシー	あまんきみこ／作	北田卓史／絵
●	のんびりこぶたとせかせかうさぎ	小沢　正／作	長　新太／絵
●	こぶたのかくれんぼ	小沢　正／作	上條滝子／絵
●	もしもしウサギです	舟崎克彦／作・絵	
●●	森からのてがみ	舟崎克彦／作・絵	
●●	一つの花	今西祐行／作	伊勢英子／絵
●●	おかあさんの木	大川悦生／作	箕田源二郎／絵
●●	竜の巣	富安陽子／作	小松良佳／絵
●	ゾロリ2in1かいけつゾロリの ドラゴンたいじ／きょうふのやかた	原ゆたか／作・絵	
●	ゾロリ2in1かいけつゾロリの まほうつかいのでし／大かいぞく	原ゆたか／作・絵	
●	ゾロリ2in1かいけつゾロリの ゆうれいせん／チョコレートじょう	原ゆたか／作・絵	
●	まじょ子2in1 まじょ子どんな子ふしぎな子	藤真知子／作	ゆーちみえこ／絵

小学校初・中級～　小学校中級～　小学校上級～　中学生向け

児童文学・上級～

きつねの窓	安房直子／作	吉田尚令／絵
青いいのちの詩	折原みと／作・写真	
翼のない天使たち	折原みと／作	
ときめき時代① つまさきだちの季節	折原みと／作・絵	
ときめき時代② まぶしさをだきしめて	折原みと／作・絵	
風の天使《エンジェル》	倉橋燿子／作	佐竹美保／絵
天使の翼 ―心がはばたくとき―	倉橋燿子／作	佐竹美保／絵
十二歳の合い言葉	薫くみこ／作	中島 潔／絵
あした天気に十二歳	薫くみこ／作	中島 潔／絵
風の丘のルルー① 魔女の友だちになりませんか？	村山早紀／作	ふりやかよこ／絵
風の丘のルルー② 魔女のルルーとオーロラの城	村山早紀／作	ふりやかよこ／絵

ミステリー

名探偵金田一耕助 ① 仮面城	横溝正史／作	
名探偵金田一耕助 ② 大迷宮	横溝正史／作	
名探偵神津恭介 ① 悪魔の口笛	高木彬光／作	
名探偵神津恭介 ② 蝙蝠館の秘宝	高木彬光／作	
名探偵ホームズ ① 赤毛連盟	ドイル／作	亀山龍樹／訳
名探偵ホームズ ② ぶな屋敷のなぞ	ドイル／作	亀山龍樹／訳
ABC 殺人事件	クリスティ／作	百々佑利子／訳
オリエント急行殺人事件	クリスティ／作	神鳥統夫／訳

みなさんとともに明るい未来を

一九七六年、ポプラ社は日本の未来ある少年少女のみなさんのしなやかな成長を希《ねが》って、「ポプラ社文庫」を刊行しました。

二十世紀から二十一世紀へ――この世紀に亘《わた》る激動の三十年間に、ポプラ社文庫は、みなさんの圧倒的な支持をいただき、発行された本は、八五一点。刊行された本は、何と四千万冊に及びました。このことはみなさんが一生懸命《いっしょうけんめい》本を読んでくださったという証左《あかし》でもあります。

しかしこの三十年間に世界はもとよりみなさんをとりまく状況も一変しました。地球温暖化による環境破壊、大地震、大津波、それに悲しい戦争もありました。多くの若いみなさんのかけがえのない生命も無惨《むざん》にうばわれました。そしていまだに続く、戦争や無差別テロ、病気や飢餓《きが》……、ほんとうに悲しいことばかりです。

でも決してあきらめてはいけないのです。誰もがさわやかに明るく生きられる社会を、世界をつくり得る、限りない知恵と勇気がみなさんにはあるのですから。

――若者が本を読まない国に未来はないと言います。

創立六十周年を迎えんとするこの年に、ポプラ社は新たに強力な執筆者《しっぴつしゃ》と志《こころざし》を同じくするすべての関係者のご支援をいただき、「ポプラポケット文庫」を創刊いたします。

二〇〇五年十月

坂井宏先